LÉON DE TINSEAU

MA

COUSINE POT-AU-FEU

QUARANTE-SIX COMPOSITIONS

DE

PAUL DESTEZ

PARIS

CALMANN LÉVY, ÉDITEUR

ANCIENNE MAISON MICHEL LÉVY FRÈRES

3, RUE AUBER, 3

1893

MA

COUSINE POT-AU-FEU

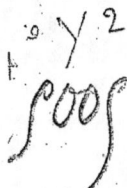

TIRAGE DE GRAND LUXE

Il a été fait un tirage spécial à cinquante exemplaires numérotés

SAVOIR :

N°s 1 à 25. — Vingt-cinq exemplaires sur véritable papier du Japon des Manufactures Impériales;

N°s 26 à 50. — Vingt-cinq exemplaires sur véritable papier de Chine.

LÉON DE TINSEAU

MA
COUSINE POT-AU-FEU

QUARANTE-SIX COMPOSITIONS

DE

PAUL DESTEZ

PARIS

CALMANN LÉVY, ÉDITEUR

ANCIENNE MAISON MICHEL LÉVY FRÈRES

3, RUE AUBER, 3

—

1893

MA

COUSINE POT-AU-FEU

I

Mes parents m'ont mis tard, c'est-à-dire à douze ans bien révolus, au collège de Poitiers, tenu par les jésuites. Si l'on avait écouté l'oncle Jean, personnage dont le nom reviendra souvent dans cette histoire, j'aurais pris l'essor beaucoup plus tôt. Mais, à la seule pensée de me voir faire ma première communion ailleurs qu' « à la maison », ma mère avait jeté les hauts cris.

Je me hâte de dire qu'elle ne les jeta pas longtemps
et que la question fut bientôt tranchée selon ses préférences. Mon père aimait tendrement la meilleure et
la plus sainte des femmes : la sienne. Joignez à cela
qu'il aimait presque autant sa tranquillité. Pour fuir
une discussion, il n'aurait pas reculé devant la traversée
d'Europe en Amérique. Et cependant il n'avait jamais
mis le pied — ainsi qu'il le confessait lui-même — sur
un appareil flottant autre que la nacelle où son garde et
lui s'embarquaient l'hiver, afin de chasser les canards,
le long des bords glacés de la Vienne.

Il s'était marié quelques années après la trentaine —
on ne faisait rien de bonne heure chez nous, du moins
en ce temps-là — et ce mariage, fort heureux, fut assu-
rément le seul acte saillant de sa vie, depuis le jour où
il faillit porter la cuirasse ainsi que le faisaient, depuis
le règne de saint Louis, tous les Vaudelnay du monde,
quand ils n'étaient pas dans les ordres. Mais la révolution de 1830 avait mis fin à cette vieille habitude, et mes
arrière-parents, ainsi que leur fils lui-même, auraient
considéré l'honneur du nom comme entaché d'une
souillure indélébile, si l'un des nôtres avait passé, fût-
ce un quart d'heure, au service de Louis-Philippe.

Je suppose que mon père aura connu quelques
heures pénibles en se retrouvant au château de Vaudel-

nay, triste comme une prison et sévère comme un cloître, après les deux années moins sévères et moins tristes, vraisemblablement, qu'il venait de passer à l'école des Pages. Quoi qu'il en soit, il dut prendre son parti en philosophe, c'est-à-dire en homme résigné, car, à l'époque de nos premières relations suivies, j'entends vers la cinquième ou la sixième année de mon âge, cette résignation semblait ne laisser plus rien à désirer. Je crois qu'un étranger aurait pu vivre des mois entiers avec mon père, sans se douter qu'il avait entrevu le grand monde de Paris et même la Cour. Dieu seul pourrait dire s'il éprouvait des regrets en songeant à ce qu'aurait pu être sa vie.

A cette époque, huit personnes se trouvaient réunies à Vaudelnay, je veux dire huit « maîtres », pour employer l'expression consacrée, bien que ce titre n'appartînt en réalité qu'à un seul des habitants du château, mon grand-père, alors déjà beaucoup plus que septuagénaire, mais d'une verdeur étonnante. Autour de lui un frère plus jeune, deux sœurs plus âgées, tous trois confirmés dans le célibat, et ma grand'mère (que nous respections tous comme un être surnaturel parce qu'elle avait passé quelques semaines, encore enfant, dans les prisons de la Terreur) composaient une sorte de conseil des Anciens, dont les prérogatives, je dois le dire,

étaient surtout honorifiques. Je désignais cette portion
plus que mûre de ma famille sous le nom d'*ancêtres*,
dans les conversations fréquentes que je tenais avec
moi-même, étant privé, le plus souvent, d'interlocuteur
de mon âge.

Les trois autres habitants du château, c'est-à-dire
mes parents et moi, formaient une caste inférieure,
exclue de toute part au gouvernement, voire même à
l'examen des affaires. Mais, comme dans tout État mo-
narchique bien constitué, chacun des habitants de Vaudelnay, obéissant et subordonné par rapport au degré
supérieur de la hiérarchie, devenait, relativement à
l'échelon placé au-dessous, un représentant respec-
tueusement écouté de l'autorité primordiale et souveraine.

Cette discipline, harmonieuse à force d'être parfaite,
qui excite encore mon admiration et mes regrets, quand
j'y pense aujourd'hui, se manifestait jusque dans la
classe nombreuse des domestiques, dont quelques-uns,
accablés par la vieillesse, devaient causer plus d'embarras qu'ils ne rendaient de services. Mais il était de
règle, à Vaudelnay, qu'un serviteur ne sortait de la
maison que cloué dans son cercueil ou congédié pour
faute grave, deux phénomènes d'une égale rareté, grâce
au bon air, au bon régime et à l'atmosphère de subor-

dination invétérée que l'on trouvait au château et dans les dépendances.

Pour en revenir aux « maîtres », j'étais, cela va sans dire, le seul qui eût toujours le devoir d'obéir, et jamais le droit de commander. Et encore je parle de l'autorité légitime et reconnue, car, en réalité, j'exerçais une tyrannie occulte sur tous nos gens, qui se seraient jetés au feu pour « monsieur Gaston ». Il faut cependant mettre à part la cuisinière et le jardinier, êtres indépendants, toujours à cheval sur leurs droits, sans doute à cause de l'importance qu'ils tiraient de leurs connaissances spéciales. Dans notre monarchie en miniature, ils jouaient le rôle de l'École polytechnique dans la grande famille de l'État. Le Dauphin, à leurs yeux, n'était qu'un citoyen comme un autre.

Pour pénétrer dans la cuisine sans m'exposer à l'épouvantable avanie d'un torchon pendu à la ceinture de ma blouse, il me fallait un véritable sauf-conduit de l'autorité compétente, ou l'excuse d'un motif impérieux. Et cependant cette énorme pièce dont la cheminée consumait les bûches entières, telles qu'elles arrivaient de nos bois, était toujours pleine d'allants et venants qui « buvaient un coup » pour se réchauffer en hiver ou pour se rafraîchir en été. Les paysans du village apportant des provisions, les ouvriers des différents corps

d'état venus de la ville, les mendiants plus ou moins
vagabonds de la grande route semblaient être là comme
chez eux. Le facteur y déjeunait régulièrement au début
de sa tournée et y dînait au retour. Enfin l'univers
entier pénétrait là sans être inquiété, à l'exception de
l'héritier présomptif. *In propria venit, et sui eum non
receperunt.*

Quant au jardin, toute la partie réservée aux fruits
constituait à mon égard un territoire de guerre, con-
stamment infesté par la présence de l'ennemi, c'est-
à-dire du jardinier, où je ne m'aventurais qu'avec des
précautions et des ruses d'Apache. Aussi quelles délices
quand je pouvais entamer de mes dents intrépides
l'épiderme d'une pêche verte, ou la pulpe d'une grappe
acide à faire danser les chèvres ! Un des plus beaux souvenirs de ma première enfance est un certain automne
pendant lequel tout le pays fut décimé par le choléra.
La terreur générale était parvenue à ce point qu'on laissait pourrir sur pied tous les fruits quelconques, répu-
tés homicides. Ma bonne chance voulut que, de toute la
maison, mon ennemi le jardinier fut le seul qui prît la
maladie, dont il réchappa, Dieu merci ! On peut croire
que j'employai au mieux le temps de sa convalescence.
J'ai consommé certainement, pendant ces trois semaines
fortunées, plus d'abricots et de prunes de Reine-Claude

que je n'en absorbai et n'en absorberai pendant le reste
de ma vie. Que les médecins daignent m'excuser si je
ne suis pas mort : ce n'est point ma faute à coup sûr.
Les « microbes » n'avaient pas alors, il faut le croire,
cette puissance redoutable dont ils abusent quelque peu
aujourd'hui.

Dans la marche régulière des événements, j'étais
placé sous l'autorité directe de ma mère, soumise elle-
même de la façon la plus complète — en apparence —
à l'autorité conjugale. J'ai tout lieu de croire que cette
soumission extérieure cachait une réalité bien différente, car j'ai connu peu de femmes aussi belles et peu
de maris aussi tendres. En dehors des réprimandes
solennelles nécessitées par quelque méfait sérieux, et
dont je restais ébranlé pendant quarante-huit heures,
mon père n'intervenait dans ma vie que pendant deux
ou trois heures de l'après-midi, pour me conduire à la
promenade, tantôt à pied, tantôt en voiture, puis à cheval, dès que mon âge le permit. Je doute qu'il soit
possible d'avoir autant d'adoration, de crainte et de
respect tout à la fois, pour le même homme, que j'en
avais pour lui.

On aurait dit, d'ailleurs, qu'il réunissait plusieurs
systèmes d'éducation dans sa seule personne. Sévère,
absolu, très avare de sourires tant que nous étions dans

l'enceinte du château et du parc, il commençait à s'humaniser, à se dérider aussitôt que le dernier arbre de l'avenue était dépassé. Quand nous avions perdu les girouettes de vue, c'était un homme gai, affectueux, caressant, presque de mon âge, dont je faisais tout ce que je voulais, en ayant bien soin, toutefois, d'opérer au comptant et non pas à terme, car, une fois rentrés au château, la fantaisie la mieux acceptée tout à l'heure devenait quelque chose de fou et d'inaccessible à l'égal de la lune. Jamais je n'ai vu se manifester d'une façon aussi indéniable l'influence du milieu.

La génération supérieure ne m'apparaissait guère qu'à l'heure des repas, qui étaient pour moi les deux moments scabreux de la journée. A onze heures toute la famille était réunie dans la salle à manger. Mon grand-père présidait la fonction, comme de juste, ayant de chaque côté une de ses sœurs, l'une et l'autre ses aînées, restées vieilles filles, faute d'avoir pu trouver, au milieu de la tourmente révolutionnaire, des maris selon leur cœur ou selon leur naissance — dont elles faisaient un cas infini. Elles approchaient alors de la quatre-vingtième année, et je n'étonnerai personne en disant qu'elles ne brillaient point par la bienveillance. Grandes, majestueuses, droites comme des joncs, l'une brune, l'autre blonde (ce n'est que vers l'âge de quinze

ans que j'ai appris qu'elles portaient perruque), elles
avaient été fort belles, disait-on, mais elles paraissaient
n'avoir conservé de toute leur existence qu'un seul
souvenir, différent pour chacune d'elles. L'aînée avait
eu l'honneur d'ouvrir le bal, à Poitiers, en donnant la
main à Monsieur, frère du roi, lors de la rentrée des
Bourbons. L'autre avait tiré la duchesse de Berri d'un
mauvais pas, lors des soulèvements de 1832, en lui faisant traverser les troupes de Louis-Philippe dans sa
voiture. Vingt fois j'ai frissonné au récit de cette
odyssée menée à bien grâce au sang-froid de ma tante
qui, dans un moment difficile, avait détourné les soupçons des voltigeurs en ordonnant à la princesse, déguisée en femme de chambre, de lui rattacher son soulier,
trait historique dont elle n'était pas peu fière.

J'avais un moyen sûr de mettre de bonne humeur
mes vénérables tantes. Il me suffisait de leur demander
à voir certains trophées qu'elles conservaient pieusement : un cothurne effleuré par les mains d'une vaillante
princesse ; une rose desséchée, prétexte innocent d'un
madrigal tombé d'une bouche auguste. Inutile de dire
que chacune des héroïnes me recontait son aventure,
par dessus le marché.

Leur second frère, assis de l'autre côté de la table,
à droite de ma grand'mère, avait à peine soixante-cinq

ans. Aussi le traitait-on comme un jeune homme, et
surtout comme un jeune homme qui n'a rien fait d'utile,
car il avait voyagé dans divers pays de l'Europe durant
les quarante premières années de sa vie. L'oncle Jean
se posait volontiers en artiste et professait, à propos des
derniers événements de notre histoire contemporaine,
cette indépendance d'idées qu'on apprenait alors à
l'étranger, mais qu'on apprend aujourd'hui, si j'y vois
clair, sans sortir de sa maison et du cercle de ses meilleurs amis. Toutefois le « libéralisme » de ce sceptique
était purement intérieur, et je gage qu'il fût mort plutôt
que de compromettre son nom dans une manœuvre
politique tant soit peu suspecte.

Dans ses jours de bonne humeur, qui étaient d'une
remarquable rareté, l'oncle Jean mettait volontiers la
conversation sur certaines « belles dames » qu'il avait
connues. Dieu sait s'il était discret — je ne lui ai jamais
entendu prononcer un nom — et s'il se maintenait dans
la plus louable réserve, car les réminiscences qu'il se
permettait paraîtraient incolores et fades sous les om-
brages de la cour des *grandes* de nos couvents actuels.
Néanmoins, je me rendais déjà compte que ses frère,
sœurs et belle-sœur le considéraient en eux-mêmes
comme un jeune écervelé, sujet à caution sous le rapport de la foi, de la politique et des bonnes mœurs.

Pour ce motif inavoué, ce n'est pas sans un secret malaise que les *ancêtres* voyaient mes tête-à-tête avec lui. Sans en avoir l'air, on les rendait aussi rares que possible. Quant à moi, on le devine, je n'aimais rien tant au monde que d'entendre les histoires de l'oncle Jean.

Un jour, en grimpant sur ses genoux et en fourrageant dans sa chevelure encore abondante, j'avais senti comme une moulure poussée dans son crâne.

— Qu'est-ce qui vous a fait ça, mon oncle? demandai-je.

— Une balle de pistolet.

— Ah! Pourquoi vous a-t-on tiré une balle, mon oncle?

— Parce que je me suis battu.

— Contre les ennemis?

— Cette fois-là, je me battais contre un monsieur tout seul.

— Qu'est-ce qu'il vous avait fait, le monsieur?

— Tu es encore trop petit pour le comprendre. Mais si tu ne veux pas que l'oncle Jean ait de la peine, souviens-toi de ne jamais parler à personne de ce que je viens de te dire.

Bien des années se sont écoulées sans que j'aie parlé à personne de la cicatrice de mon oncle, et cependant je ne le voyais jamais sans y penser. Je devais apprendre beaucoup plus tard « ce que lui avait fait le monsieur ».

Toutefois, si enfant que je fusse alors, je comprenais déjà que l'oncle Jean avait en lui quelque chose de mystérieux, qui le mettait comme en dehors de ceux dont il partageait l'existence. Il tranchait sur eux par une mélancolie constante; non pas, Seigneur! que les autres fussent gais, — il serait aussi exact de dire qu'ils étaient joueurs ou débauchés; — mais la tristesse aiguë de ce membre de la famille semblait dépasser encore l'absence de jovialité qui était l'état normal de l'ensemble. D'ailleurs, même quand il ne parlait pas, c'était sur lui que se tournait l'attention. Au milieu de ce silence vide de personnes qui se taisaient, la plupart du temps, faute d'avoir une pensée nouvelle à transmettre, le mutisme grave, rêveur, voulu de ce penseur infatigable, produisait le contraste d'un reflet sur l'ombre, de la chaleur sur le froid, de la vie sur la mort.

Il suffisait de voir cette figure énergique, fatiguée, traversée souvent par des éclairs brusques bientôt réprimés, pour comprendre que l'oncle Jean, à l'opposé de ses collatéraux des deux sexes, avait une histoire, une histoire qu'il était résolu de cacher. C'est sur lui que mes yeux se portaient le plus volontiers durant nos longues séances à table — ces mâchoires septuagénaires n'allaient pas vite en besogne — et je le revois

encore distinctement à sa place, parmi les convives de
la grande salle à manger de Vaudelnay. Au milieu des
visages des *ancêtres*, déjà fermés et éteints comme des
sépulcres, celui de l'oncle Jean paraissait doucement
illuminé des rayons intimes de la lampe du sage.

De tous les habitants du château, lui et mon père
étaient ceux dont les caractères sympathisaient le
moins. Entre eux, des chocs plus ou moins dissimulés
n'étaient point rares, et je dois avouer que c'était du côté
de mon oncle que les hostilités commençaient le plus
souvent, presque toujours sans motif précis, comme
il arrive lorsqu'une personne est poursuivie d'une
impression d'agacement perpétuel. Je me rends compte
aujourd'hui que l'oncle Jean reprochait à son neveu
de mener l'existence d'un inutile et d'un oisif, tandis
qu'il aurait pu faire mieux. Or, de la meilleure foi du
monde, mon père voyait dans ce renoncement volontaire au mouvement et à la vie même de son époque
un titre de gloire, une immolation pleine de mérite.

— Nous devons obéir au roi !

Combien de fois n'ai-je pas entendu répéter cette
phrase qui me transportait d'enthousiasme, bien qu'à
vrai dire j'aie passé longtemps sans la comprendre.
A force d'écouter, de rapprocher, de méditer dans ma
petite cervelle, j'en étais venu à conclure qu'il y avait

deux rois en ce bon pays de France, l'un mauvais, l'autre
excellent. Aussi bien, ce dualisme n'avait rien d'absolument nouveau pour un esprit aussi ferré que le mien
sur l'Histoire sainte. La même situation s'était présen-
tée quelques années plus tôt, lors des fâcheuses discussions soulevées entre Roboam, qui avait toutes mes
sympathies, et Jéroboam, que je ne pouvais pas sentir
depuis l'affaire du veau d'or.

L'existence du premier de nos deux rois ne se manifestait guère à mes yeux qu'une fois par semaine, le
dimanche à la messe, quand un chantre, un seul et
unique chantre obligé à cette triste besogne pour nour-
rir sa famille, entonnait le *Salvum fac Regem*, ce qui
causait régulièrement un malaise douloureux et à peine
contenu dans le banc de la famille. Parfois aussi, quand
un écu nouvellement frappé tombait chez nous par hasard, l'effigie suspecte ne manquait pas de soulever
toute une litanie de quolibets vengeurs.

L'autre roi, infini en perfections mais invisible, pla-
nait dans des régions mystérieuses où mon imagination
n'essayait même pas d'aller le retrouver. Pour être
juste, on ne parlait jamais politique en ma présence.
Tout au plus, à certaines dates, me faisait-on déjeuner
à la petite table, vu l'affluence des *fidèles* du voisinage, ce qui me permettait d'entendre, au dessert, le

refrain qu'il m'était défendu de répéter au dehors, sous
les peines les plus graves :

> Le *Bordeaux* craint peu le voyage :
> Même, au retour, il n'en est que meilleur.

Je ne comprenais guère plus ce distique débordant
d'allusions, que je ne pouvais comprendre les strophes
du *Credo*. Mais je le chantais avec la même foi vibrante.
Cependant le sourire douloureux que j'apercevais alors
sur les lèvres de l'oncle Jean ne laissait pas de troubler secrètement la jouissance de mon enthousiasme.
Parfois les choses n'en restaient pas à ce sourire muet.
Deux ou trois répliques brèves, sans signification pour
moi, étaient échangées, après lesquelles, dès que la retraite était possible, le baron se cantonnait chez lui
comme un général en chef qui, entouré de forces supé-
rieures, manœuvre sur un terrain défavorable. A des
intervalles éloignés, il quittait Vaudelnay pour quelques
jours, sous prétexte de chasse ou de pêche dans le
domaine de quelqu'un des rares amis qu'il possédait.
Selon toute évidence, il était pauvre et mettait une
sorte d'orgueil à le dire à qui voulait l'entendre. Un de
mes étonnements d'alors, cette pauvreté !

« Comment l'oncle Jean peut-il être pauvre ? Il
mange et s'habille comme nous, habite le même châ-

3

teau, monté dans les mêmes voitures, — rarement il
est vrai, — porte le même nom ! »

Telle est une des questions qui s'agitaient dans ma
tête d'enfant et que j'aurais voulu faire. Mais je la gar-
dais pour moi, celle-là et bien d'autres, sachant, par
expérience, qu'on ne m'accordait pas le droit d'inter-
roger, et ne pouvant déjà supporter ce qui m'est encore aujourd'hui l'épreuve la plus insupportable, c'est-
à-dire le refus injuste opposé, par ceux que j'aime, à
l'un de mes désirs. Après tout, se taire n'est point
une chose si malaisée — quand on a raison.

II

Tous les soirs, à Vaudelnay, vers le milieu du dessert « des maîtres », la cloche des repas se mettait en
branle de nouveau et réunissait les domestiques du
château dans la salle, dallée de pierres comme une
église, qui leur servait de réfectoire. Cinq minutes
après, ma grand'mère quittait sa place et traversait,
suivie de nous tous, l'immense galerie qui séparait

les appartements des communs. C'était, en hiver, un
véritable voyage, plein de dangers à cause de la différence des températures et du déchaînement des cou-
rants d'air. Cette traversée périlleuse nécessitait, pendant les mois rigoureux, l'emploi de mille précautions
diverses, sous forme de cache-nez, de douillettes, de
mantilles de laine et de couvre-chefs, suivant les sexes
et les âges. A l'heure qu'il est, je frissonne quand j'y
pense.

La galerie traversée, le cortège débouchait majestueusement dans une vaste pièce, où le couvert des
gens était mis sur une longue table éclairée de deux
lampes primitives en étain, composées, pour tout mé-
canisme, d'une mèche brûlant dans un récipient plein
d'huile. La cohorte des domestiques au grand complet,
une quinzaine de personnes environ, nous attendait
debout, les plus vieux le plus rapprochés de l'énorme
cheminée. La famille s'agenouillait sur des chaises de
bois, le long du mur jauni, tournant le dos à la table.
De l'autre côté de celle-ci, les serviteurs se rangeaient,
à genoux sur le pavé, ayant devant eux, au premier
plan, l'alignement des assiettes de faïence et des
pots de grès; au second, les dos respectables des Vaudelnay de trois générations, succédant à tant d'autres
qui, sans doute, avaient prié au même endroit et

À L'ÉGLISE.

dans le même appareil depuis quatre ou cinq siècles.

Mon grand-père récitait à haute voix les oraisons et les litanies ; maîtres et domestiques répondaient en chœur, fort dévotement. Puis, le signe de croix final tracé sur les fronts, il y avait quelques minutes de colloque entre certains membres de la famille et les chefs de service, comme on pourrait les appeler ; car les simples soldats de la domesticité (groom, laveuse de vaisselle, fille de basse-cour, aide de lingerie) disparaissaient dans les coins jusqu'au moment où la soupe, déjà fumante dans l'énorme soupière, était distribuée aux convives par la puissante main de la cuisinière. Pendant ces minutes, qui tenaient lieu du *rapport* au régiment, la journée du lendemain s'arrangeait. Mon grand-père conférait avec le garde ; ma grand'mère donnait un dernier ordre à la femme de charge ; mon père commandait au cocher les sorties du jour suivant ; ma mère causait fleurs et fruits avec le jardinier, mon ennemi, qui m'avait juré ses grands dieux le matin qu'il me dénoncerait le soir, et ne me dénonçait jamais, l'excellent homme ! Mais quels moments d'angoisse, et comme je comprenais les regards de ce tyran qui me tenait sous sa merci !

Parfois mon grand-père élevant la voix annonçait officiellement un événement de famille. Ou bien, si

quelque fête du village devait avoir lieu le lendemain,
il recommandait à ces demoiselles de ne pas entrer à
la danse, à ces messieurs de ne pas franchir le seuil du
cabaret, ces deux crimes, également énormes, entraî-
nant l'expulsion immédiate. A certains jours, c'étaient
des paroles paternelles pour compatir à un malheur
survenu dans quelque ferme : grêle, incendie, épidémie
de bétail, fils aîné tombé au sort.

— Allons ! bonsoir, mes amis ! concluait le chef de
la famille, quand il était en belle humeur.

Et l'on entendait cette réponse, formulée presque
à voix basse, dans un murmure respectueux :

— Bonsoir, monsieur le marquis.

Nous regagnions alors le salon, à travers la Sibérie
du long corridor où grelottaient les chevaliers sous
leurs cuirasses et les dames sous leurs baleines. Près
du grand feu, nous retrouvions mes tantes qui s'étaient
retirées majestueusement, sitôt la prière finie. Elles
n'avaient point d'ordres à donner, les pauvres ! ne possédant rien en ce monde, — j'ai su plus tard pourquoi
— sinon ce qu'elles recevaient, comme une chose toute
simple, de la fraternelle générosité de mon grand-
père.

Nous y retrouvions aussi l'oncle Jean, qui n'assis-
tait jamais à la prière, circonstance tellement grosse

de mystère à mes yeux, que je n'avais jamais eu le courage de faire aucune question sur ce sujet redoutable. Mais, si je ne disais rien, j'observais davantage, et les incidents qui frappaient mes yeux ne laissaient pas de me rendre perplexe quant à l'orthodoxie de l'oncle Jean.

Le dimanche, il est vrai, jamais on ne l'avait vu manquer la messe, dont il attendait le dernier coup avec impatience, car il avait la manie d'être toujours prêt une demi-heure trop tôt. Mais il dormait au sermon et, certes, il fallait une tiédeur considérable jointe à une forte propension au sommeil pour s'assoupir sur le chêne, poli par les siècles et veuf de tout capitonnage, du banc armorié de la famille.

Au bout de vingt minutes, régulièrement, l'oncle Jean s'éveillait, et la fin de son sommeil coïncidait presque toujours avec le signe de croix final de l'homélie. Que si notre bon curé s'oubliait en son éloquence, M. le baron tirait de son gousset une énorme montre à répétition et faisait impitoyablement sonner l'heure et les quarts, qui s'entendaient d'un bout de l'église à l'autre. À ce signal connu comme l'*Angelus* de midi, on voyait sourire toute la pieuse assemblée, sauf mon grand-père qui protestait par sa mine indignée et ma grand'mère qui, malgré son âge, rougissait jusqu'aux yeux. Alors le

4

pauvre abbé Cassard se hâtait de regagner l'autel, nous laissant même, quelquefois, aux prises avec le démon, sans se donner le loisir de nous conduire au port sacré. Heureusement nous en savions tous le chemin, tout au moins sur la carte.

Invariablement, du samedi de la Passion au lundi de Quasimodo, l'oncle Jean disparaissait ainsi que sa montre, ce qui nous laissait à la complète merci de l'abbé Cassard, et Dieu sait si le zélé prédicateur en profitait! Nul n'aurait été à même de dire quel était le but et le motif de ce voyage, mais on devait charitablement supposer qu'il s'agissait d'un saint devoir à remplir. Dans tous les cas, il était impossible de répondre d'une manière péremptoire à cette question:

— L'oncle Jean fait-il ses Pâques?

Toutefois le digne pasteur, qui dînait au château tous les dimanches, traitait le frère de mon aïeul avec considération, voire même avec respect. Chose plus remarquable encore, durant la partie de boston qui s'organisait ce jour-là au sortir de table, et dont je ne voyais jamais que le commencement, ainsi qu'on pense, mon oncle ne ménageait par les invectives les plus sévères à l'abbé Cassard quand il l'avait pour partenaire. Car le baron était célèbre dans toute la province pour avoir appris et joué le boston en Angleterre, de même que

pour avoir étudié la valse en Allemagne et la peinture en
Italie. Néanmoins il était à observer qu'on ne parlait
jamais peinture chez nous, réserve dont l'explication
viendra un peu plus tard.

« Malgré tout, me disais-je, un pécheur endurci ne
saurait inspirer tant d'estime à un prêtre et, surtout, il
n'oserait le tancer aussi vertement pour avoir coupé
sa carte maîtresse. »

III

J'allais sur mes douze ans, et ce même abbé Cassard me préparait à ma première communion, en même
temps qu'il m'enseignait les éléments du latin et du
grec, lorsque arriva le premier événement sérieux qui
eût troublé, depuis ma naissance, la paix tant soit peu
monotone où dormaient le château et ses habitants.

Un matin, bien que le samedi de la Passion fût en-

core très éloigné, la place de l'oncle Jean resta vide à
table, et je fus informé qu'il était parti pendant la nuit
pour l'Angleterre. Toute la journée, la famille fut en
proie aux préoccupations les plus vives. Mon grand-
père semblait tout à la fois fort courroucé et fort attendri; ma grand'mère et ses belles-sœurs avaient les yeux
rouges et faisaient de grands soupirs. Elles passèrent la
moitié du temps prosternées devant l'autel de la Vierge,
à côté duquel un grand cierge de cire brûlait.

Fidèle à mon système, je m'abstins de toute question, mais j'attendais avec impatience l'heure de la
prière, supposant que nous aurions un message du
gouvernement; c'est-à-dire une communication quelconque adressée par mon grand-père à l'assistance.

Il me revient encore aujourd'hui un léger frisson,
quand je pense à ce que fut, ce soir-là, notre dîner de
famille dans la grande salle à manger, déjà rafraîchie
par les premières aigreurs de novembre. Ce n'était pas,
comme on pourrait le croire, que chacun restât en con-
templation devant son assiette vide. Les Vaudelnay, de
vieille et forte race, n'avaient rien de commun, Dieu
merci! avec ces névrosés de l'époque actuelle, dont
l'appétit s'en va s'*ils* ont perdu cent louis aux courses,
ou si *elles* ont entendu dire qu'un cas de rougeole s'est
déclaré dans leur maison. Nous mangions comme des

gens sans reproche et sans peur. Mais nous mangions au
milieu d'un silence de mort, troublé seulement par les
craquements du parquet gémissant sous les chaussons
de lisière des domestiques. Mes *ancêtres* étaient absor-
bés à ce point que je pus, — chose qui ne m'était jamais arrivée, — refuser des épinards sans m'attirer
cette argumentation entachée de sophisme, devant laquelle, tant de fois, j'avais cédé, non sans appeler de
tous mes vœux l'âge de mon émancipation :

— Si tu ne manges pas d'épinards, c'est que tu n'as
plus faim. Si tu n'as plus faim, tu ne mangeras pas de
dessert.

Ironiques inconséquences de la destinée! Je suis
majeur, hélas! depuis trop longtemps. Je pourrais ne
plus manger d'épinards, et maintenant je les aime. C'est
le dessert qui n'a plus d'attraits pour moi. Le dessert,
c'est l'espérance du bonheur, et le regret seul me reste.

Le dîner se termina, comme à l'ordinaire, par ce
bruit de cascades, qui à cette époque, déshonorait encore les tables des gens bien élevés.

Nous partîmes pour « la Sibérie » dans un appareil
dont la gaieté rappelait celle du fils de Thésée et de
sa suite, lors de la dernière promenade de l'infortuné
jeune homme sur la route de Mycènes. Le long du chemin, ma grand'mère adressa la parole à son mari sur le

ton de la prière, sans beaucoup de succès, autant que je
pus le voir. J'entendis qu'elle insistait :

— Mais après tout, mon ami, c'est une chrétienne
et c'est notre nièce !

Dans l'office tout se passa selon le rite habituel. Toutefois, après la dernière oraison, au lieu de faire le
signe de croix final, mon grand-père demeura quelque
temps penché sur sa chaise. On aurait dit qu'il luttait
contre lui-même. Tout à coup, relevant la tête, il dit
d'une voix moins assurée :

— Nous allons réciter un *Pater* et un *Ave* pour la
guérison de... d'une personne de la famille qui est en
danger de mort.

Ce fut tout. Mais au bruit des mouchoirs qui s'éleva
derrière nous parmi les domestiques du sexe faible, je
compris que le jeune Antoine-René-Gaston de Vaudelnay était le seul à ne pas savoir de quel malade il
s'agissait.

D'autres, à ma place, n'auraient pu se tenir plus
longtemps de faire des questions. Pour moi, dont les
meilleurs amis critiquent, probablement avec raison, le
caractère opiniâtre, le résultat fut tout différent. J'aurais vu démolir pierre par pierre le château sans ouvrir
la bouche pour demander la cause du cataclysme. Au
fond, je m'attendais à ce que les explications viendraient

d'elles-mêmes, en quoi je me trompais. Évidemment,
mon fier silence faisait les affaires de tout le monde.

Deux autres jours se passèrent ainsi, avec de nouveaux cierges de cire à l'église et de nouveaux *Pater* à
la prière du soir. Le troisième jour, un télégramme arriva d'assez bon matin, et toute la famille, sauf moi bien
entendu, se réunit presque aussitôt dans le cabinet de
ma grand'mère, fait absolument sans exemple, car,
entre l'heure de la messe et celle du déjeuner, ce sanc-
tuaire ne s'ouvrait pour personne sauf pour la cuisinière,
la femme de charge, le charretier chargé des commis-
sions à la ville, et les religieuses du village préposées
au soin des malades et des pauvres. Mais, ce jour-là,
toutes nos habitudes semblaient bouleversées. Le déjeuner fut retardé d'un gros quart d'heure, et ma mère
partit pour Poitiers après une longue conversation avec
sa belle-mère et ses tantes. Mérinos, crêpe, drap noir,
couturière, modiste, gants de filoselle, ces mots signi-
ficatifs avaient frappé mes oreilles pendant une heure.
Quelqu'un de proche était mort, la chose ne faisait
pas de doute. Mais qui? Ce n'était pas mon oncle, car
j'avais entendu cette phrase prononcée par ma grand'-
mère :

— Je pense que ce pauvre Jean va revenir tout de
suite.

Le soir, à la prière, mon grand-père dit, pour toute oraison funèbre :

— Nous allons réciter un *De Profundis* pour ma nièce qui sera enterrée demain en Angleterre.

A ce seul mot de *De Profundis*, quelques sanglots éclatèrent discrètement, mais non pas chez les « maîtres ». Selon toute apparence, ma grand'mère et mes tantes avaient pleuré toutes leurs larmes en leur particulier, car leurs yeux étaient fort rouges. D'ailleurs, s'abandonner à l'émotion devant les domestiques, c'était une petitesse dont l'idée ne leur serait pas venue.

Quant à moi, je savais à cette heure qu'une mienne parente venait de mourir en Angleterre; mais c'était tout. Le degré de la parenté, le nom, l'âge, l'état civil de la défunte, autant de mystères pour moi. Au fond du cœur, j'étais révolté de cette ignorance où l'on me laissait. Le soir, en me déshabillant, ma mère me fit essayer un costume de deuil. A ce coup, je ne pus y tenir plus longtemps.

— Ce sera sans doute la première fois, dis-je d'un air sombre, que l'on verra quelqu'un prendre le deuil sans savoir le nom de la personne qui vient de mourir.

— Comment! s'écria ma mère. Personne ne t'a rien dit?

— Non, répondis-je, mais je ne demande rien. Que

les autres gardent leurs secrets; moi je garderai les
miens — quand j'en aurai!...

Dieu sait que la menace, de longtemps, n'était pas
dangereuse. Néanmoins ma mère, prise d'émotion, de
remords peut-être, m'attira sur ses genoux et m'embrassa.

— Mon cher enfant! s'écria-t-elle, on ne t'a rien
dit? C'est que, vois-tu, nous avons tous été si... si
troublés... à cause du pauvre oncle Jean.

— Mais enfin qui est mort? demandai-je, renonçant
pour cette fois à mon expectative hautaine.

— C'est sa fille qui est morte.

— L'oncle Jean était marié ?

Ma pauvre mère leva les yeux vers le ciel avec l'angoisse d'un pilote égaré parmi les écueils, cherchant
sur la côte la lueur salutaire du phare.

— Il a été marié longtemps, répondit-elle. Ta tante
est morte, ne laissant qu'une fille, celle qui vient de
mourir à son tour.

— Comment donc, demandai-je, résolu à tout savoir pendant que j'y étais, comment donc se fait-il
qu'on ne m'ait jamais parlé de la vie ni de la mort de
ma tante? Comment s'appelait-elle? Pourquoi ne de-
meurait-elle pas à Vaudelnay?

L'idée d'un membre quelconque de la famille habi-

tant ailleurs qu'au château, mais, par-dessus tout, l'idée
de l'oncle Jean marié, père, me plongeaient dans une
surprise qui restera l'une des plus considérables de ma
vie. Ma mère me répondit :

— Ton oncle avait épousé une jeune fille italienne
dans un de ses voyages. Ta tante n'est jamais venue
ici. Personne de la famille ne l'a jamais vue.

— Mais sa fille, celle qui vient de mourir? demandai-je :

— Celle-là non plus. Il ne faut pas en parler, surtout à ton oncle, quand il sera de retour.

J'ouvrais déjà la bouche pour un nouveau *pourquoi*
passablement justifié, il faut en convenir; mais je devinai sur le visage de ma mère un tel sentiment de con-
trariété, à la seule idée de cette question prévue, que
je renonçai à en savoir davantage pour le moment.
D'ailleurs, ce qui se passait depuis quatre jours, ce que
j'avais appris ce soir-là, était déjà pour mon esprit une
pâture suffisante. Enfin j'avais pour ma mère une véritable adoration, et la crainte de lui déplaire, à défaut
de la discipline sévère où j'avais été élevé, m'aurait
fermé la bouche. Feignant un calme que je n'avais
guère, je répondis :

— C'est bien, maman, je ne dirai rien. Soyez tranquille !

Un de ces bons baisers, tant regrettés à l'heure où
ils vous manquent, me récompensa de ma soumission, et je fis semblant de m'endormir. Mais, de toute
la nuit, je ne pus fermer l'œil, et, dans l'obscurité de
ma chambre d'enfant, je voyais toujours « la femme de
l'oncle Jean », l'Italienne, qu'aucun membre de la famille n'avait jamais connue. Je me la figurais d'après
une gravure d'un de mes livres, très brune, avec de
grands yeux noirs et de lourdes nattes retenues par les
boules d'or de deux épingles. Je l'apercevais distinctement, avec sa serviette pliée en carré sur sa tête, son
collier de corail au cou, son corsage blanc aux manches
bouffantes, et le panier rempli de fleurs qu'elle portait,
sans doute pour son agrément, car il m'était impossible
d'admettre que la baronne de Vaudelnay vendît des
roses comme la première Transtévérine venue.

Au jour naissant, le sommeil s'empara de moi pour
une heure et lorsqu'on vint me réveiller, pour la messe,
qui réunissait chaque matin la plupart des habitants du
château, il me sembla que je sortais d'un rêve com-
pliqué et fatigant. Mais en voyant, un quart d'heure
plus tard, des flots d'étoffe noire, s'engouffrer dans le
banc de famille, en apercevant les ornements funèbres
sur les épaules du curé, dont j'étais régulièrement
l'acolyte, il me fallut bien me rendre à l'évidence.

D'ailleurs, sauf l'absence de l'oncle Jean, la couleur
de nos costumes, et une recrudescence effroyable dans
la sévérité de la discipline, rien n'indiquait que les
Vaudelnay venaient de perdre un des leurs, et ma pauvre cousine, — j'aurais eu bien de la peine à la dési-
gner par son prénom, — ne faisait guère plus de bruit
après sa mort qu'elle n'en avait fait pendant sa vie.

Mais cette tranquillité trompeuse ne devait pas
durer longtemps.

IV

Deux jours après, une heure avant le dîner, la nuit déjà tombée, j'étais dans le vestibule, occupé à la manœuvre de mes soldats de plomb, lorsqu'une voiture s'arrêta devant la porte. Au bruit des grelots fêlés, j'avais reconnu un carabas de louage de la ville; je sortis précipitamment, laissant mes troupes se tirer d'affaire toutes seules, pour savoir qui venait chez nous si tard,

sans être attendu. J'avais oublié quelque peu, je
l'avoue, l'oncle Jean, disparu depuis plus d'une
semaine. C'était lui, mais j'eus peine à le reconnaître sous les manteaux et les cache-nez qui le cou-
vraient. Aussi bien, depuis que je savais son histoire,
un peu superficiellement, il faut en convenir, il me
semblait que ce n'était plus le même homme. Ce fut
donc avec une sorte de timidité que je m'avançai vers
lui pour lui souhaiter la bienvenue; mais il parut à
peine faire attention à moi.

— Bonsoir, bonsoir! me répondit-il en me tournant
le dos, pour prendre dans les profondeurs ténébreuses
de la voiture un paquet lourd et volumineux, que lui
tendit une ombre à peine visible.

Il monta, non sans un peu d'effort, les marches du
perron, tandis que l'ombre, une ombre féminine autant
qu'on pouvait en juger, mettait pied à terre à son tour.

— Ouvre-moi la porte du salon, commanda-t-il
d'une voix brève.

J'obéis; nous entrâmes dans la vaste pièce à peine
éclairée par une lampe brûlant sous son abat-jour au
milieu de l'immense table. Mon oncle se dirigea vers
un canapé, y déposa son fardeau, écarta quelques plis
d'étoffe et j'aperçus, on devine avec quelle surprise,
une petite fille endormie.

RETOUR DE L'ONCLE JEAN

J'eus peine à retenir un cri d'effroi, d'abord parce que l'enfant, dans une immobilité rigide, avait l'air d'une morte, et ensuite parce que mon pauvre oncle, cité dans toute la province, huit jours plus tôt, pour sa verdeur étonnante, semblait avoir tout à coup vieilli de vingt ans. Il était brisé, courbé, déformé, pour ainsi dire, comme il arrivait à mes soldats de plomb lorsque, d'aventure, mon pied se posait sur eux. Son beau visage, naguère si plein d'une énergie que certains jugeaient trop hautaine, s'était détendu comme un masque mouillé. On n'y lisait plus que l'humilité douloureuse du vaincu, le doute de soi-même et de toutes choses, enfin une lassitude physique et morale, navrante, même pour un observateur aussi peu profond que je l'étais alors.

Je restais là, ouvrant les yeux et la bouche, ne sachant que dire et que faire, plus attristé que curieux, sentant que j'allais fondre en larmes si la situation se prolongeait encore une minute. Fort heureusement mon oncle y mit fin en me disant d'une voix qui me parut très dure et comme enrouée :

— Monte chez ta grand'mère et prie-la de venir ici toute seule ; toute seule, tu entends ? Va vite, ne dis rien de plus, et tâche que ce soit prompt.

Je gravis l'immense escalier en quelques sauts. Je

me sentais devenir à la fois très grand, à cause du rôle que le hasard me donnait dans ce qui me paraissait un drame de premier ordre, et très petit, par le sentiment que j'avais de mon inexpérience et de ma faiblesse en face de ces événements inouïs.

— Grand'mère, m'écriai-je tout essoufflé, oubliant un peu l'étiquette respectueuse qui était de règle chez nous; grand'mère, il faut descendre au salon, tout de suite, tout de suite! Et surtout n'amenez personne. Ah! mon Dieu!... Si vous saviez!...

Une femme délicate, à ce message délivré si prudemment, serait tombée dans une crise de nerfs. Mais ma vaillante aïeule avait, je pense, laissé ses nerfs dans la prison où la charrette était venue lui prendre sa mère, au milieu d'une leçon de catéchisme. Elle se leva de son fauteuil, remit dans sa poche quelque chose qui, sans doute, était son chapelet, et m'examinant de la tête aux pieds, me demanda :

— Qu'y a-t-il donc? Une visite?

— L'oncle Jean!... répondis-je en mettant un doigt sur mes lèvres, et en parlant presque à voix basse.

Là-dessus je m'éloignai, ou pour mieux dire je m'enfuis, trouvant que c'était encore le meilleur moyen de « ne pas dire autre chose » conformément à mes instructions. Dans le fond de moi-même, j'étais

assez flatté de renverser les rôles. A cette heure,
c'était moi qui laissais les autres se creuser la tête et
qui refusais de répondre à leurs questions.

Pour être franc, j'avais peu de mérite à ne pas y
répondre. D'où tombait cette petite fille endormie?
Qu'allait-on en faire? Au retour de chacun de ses
voyages, l'oncle Jean — c'était une habitude chez lui —
rapportait à Vaudelnay quelque animal exotique, généralement assez mal reçu. Serins de Hollande, marmottes
des Alpes, chiens des Pyrénées, tortues d'Égypte,
singes d'Algérie, j'avais vu successivement tous ces
échantillons du règne animal sortir de ses bagages.
Mais une petite fille! c'était du nouveau; et tout en
redescendant l'escalier sans fermer les portes derrière
moi, — décidément nous étions en pleine anarchie, —
je me demandais :

— Va-t-on lui faire, à elle aussi, une cage où j'irai
lui porter du lait et des cœurs de laitue, à l'heure de
mes récréations?

Quand je rentrai dans la pièce, la nouvelle acquisi-
tion de l'oncle Jean dormait toujours, et son propriétaire, agenouillé devant le canapé, la dévorait des yeux.
De temps en temps il échangeait des sons inintelligibles
avec une femme d'aspect modeste, encore jeune, coiffée
d'un objet bizarre en paille noire, qui se tenait debout,

le regard fixé sur l'enfant, sans faire plus d'attention à
ce qui l'entourait, voire même à mon humble personne,
que si elle eût été là depuis dix ans. L'oncle Jean, à la
fois radieux et absorbé, rappelait ces saints qu'on représente dans l'extase de la prière. Je ne pus m'empêcher
de me dire que je ne l'avais jamais vu si dévot, même le
dimanche, au moment de l'élévation de la messe. Non,
décidément l'oncle Jean n'était plus le même !

Nous étions là, rangés comme les animaux de la
Crèche autour de l'enfant Jésus, quand ma grand'mère
fit son entrée. Mon oncle ne se leva pas et ne lui dit pas
bonjour, mais il fit un quart de conversion sur ses
genoux, si bien que ce fut à la châtelaine de Vaudelnay qu'il semblait, à cette heure, adresser sa prière.

— Ma sœur, dit-il, d'une voix très douce, en tremblant comme une feuille (et je voyais, sous ses cheveux
dérangés, le sillon tracé par la balle dans son crâne),
ma sœur, *elle* avait une petite fille. Voulez-vous, pour
la grâce du bon Dieu que vous aimez tant, recevoir chez
vous la pauvre orpheline sans abri ?

J'ai vu luire plus d'une fois, dans l'œil féminin, les
éclairs de la passion, de la tendresse, de l'enthousiasme.
Jamais je n'ai vu la bonté, la compassion, la charité
avec sa douce flamme, embellir un visage comme fut
embelli, ce jour-là, ce visage resté plein de grâce sous

ses cheveux blancs. O grand'mère, comme je vous remercie d'avoir fait comprendre à ma jeune tête blonde ce que ma vieille tête grise croit encore aujourd'hui, elle qui a désappris tant d'autres articles de foi du symbole humain ! Et, j'en suis sûr, à cette minute l'oncle Jean lui-même se disait que le meilleur motif qui peut nous faire tomber à genoux devant les femmes est leur bonté. Elles savent être si bonnes, parfois, qu'il faut rester pour elles indulgent et bon, jusque dans leurs faiblesses.

Grâce à la sévérité quelque peu exclusive qui présidait au choix de mes lectures, je n'étais pas sans avoir lu beaucoup d'histoires d'enfants recueillis par des âmes charitables, et Dieu sait s'il existait, de Tours à Angoulême, une chrétienne plus charitable que la marquise de Vaudelnay. Je m'attendais donc, surtout après le regard que je viens de décrire, à voir ma grand'mère étreindre sa petite-nièce dans ses bras. Je comprenais bien que c'était la petite-fille de mon oncle, ma cousine issue de germains, qui dormait là d'un sommeil déjà résigné, comme un agneau séparé le matin de sa mère. J'avais envie de crier à mon oncle :

— Mais relevez-vous donc ! On dirait que vous demandez quelque chose de difficile !

Probablement que le pauvre baron savait mieux que

moi la difficulté de ce qu'il demandait, car il restait à
genoux, un œil sur le visage de l'enfant où les premières
contractions du réveil se manifestaient, l'autre sur ma
grand'mère qui, à cette heure, semblait réfléchir. Ah !
si l'on m'avait dit la veille que « notre maîtresse »,
ainsi que l'appelaient les villageois, aurait eu besoin de
réflexion pour accueillir non pas une pauvre orpheline
sortie du sang des Vaudelnay, mais la fille de la plus
inconnue des mendiantes !...

Comme si elle avait voulu gagner du temps, ma
grand'mère fit cette question que je ne pus m'empêcher
de trouver au moins inutile dans la circonstance :

— Mon pauvre Jean, pourquoi ne nous avez-vous
pas dit qu'*elle* avait une fille ?

L'oncle répondit, en serrant les mâchoires comme
s'il avait broyé ses paroles avant de les laisser sortir :

— Je ne vous l'ai pas dit, ma sœur, tout simplement parce que je n'en savais rien.

— Pauvre mignonne ! Elle vous ressemble.

J'avais toujours considéré les jugements de ma
vénérable aïeule comme infaillibles ; mais, cette fois,
le doute pénétra dans mon âme. Si ce petit visage rose,
entouré de cheveux noirs emmêlés, ressemblait à cette
figure aux tons de parchemin, coupée durement d'une
moustache grise, surmontée d'une chevelure taillée en

brosse, on pouvait aussi bien dire que je rappelais les diables cornus sculptés dans le portail de Sainte-Radegonde.

— Attendez-moi, dit soudain ma grand'mère ; je vais parler à celui qui est le maître ici. Espérons qu'il cédera.

Sur ces entrefaites, l'enfant s'était éveillée et tournait autour d'elle, sans remuer la tête, des yeux effarés, si noirs qu'on aurait dit deux petits globes de charbon nageant dans deux cuillerées de lait. Mon aïeule demanda :

— Comment se nomme la petite ?

— Rosamonde.

Je vis que ce nom bizarre ne produisait pas une impression excellente sur celle qui l'entendait. Néanmoins la châtelaine se penchait tendrement sur sa petite-nièce pour l'embrasser, lorsque l'enfant, à la vue de ce visage inconnu qui s'approchait du sien, se mit à pousser des cris de Mélusine.

— Pour l'amour du ciel, faites-la taire ! s'écria ma grand'mère en se retirant, un peu découragée.

Moi je pensais :

— Rosamonde, ma chère, vous faites une fameuse bêtise pour vos débuts à Vaudelnay : ne pas vouloir embrasser grand'mère !

7

Déjà la femme au chapeau de paille noire s'était approchée de sa jeune maîtresse et cherchait à l'apaiser, en lui parlant dans cette même langue mystérieuse.

— Attendez-moi, répéta mon aïeule. Je ne puis rien décider par moi-même. Toi, Gaston, fais-moi le plaisir d'aller travailler à tes devoirs jusqu'au dîner.

V

On devine facilement qu'au lieu de travailler je prê-
tais l'oreille au moindre bruit, cherchant à surprendre
un indice quelconque sur le sort réservé à la pauvre
Rosamonde. Mais le château était si grand qu'on aurait
pu donner la torture à ma jeune cousine, ou même lui
dresser un bûcher, sans qu'il me fût possible de m'en

apercevoir, de l'endroit retiré où je feignais d'apprendre *rosa la rose*.

Toutefois, quand j'entrai dans la salle à manger, une bonne heure plus tard, je me sentis rassuré et crus comprendre que tout était arrangé pour le mieux. A l'autre bout de la longue table, en face de ma chaise, un fauteuil d'enfant très haut sur pieds, le même qui m'avait servi lors de mes débuts dans le monde des grandes personnes, supportait déjà mademoiselle Rosamonde. Et telle était la discipline sévère de Vaudelnay que tout le monde prit sa place, sans paraître faire attention à la nouvelle venue. Celle-ci, tout au contraire, dévisageait avec une sorte d'effroi — silencieux, Dieu merci! — toutes ces figures inconnues. Elle mangeait sans rien dire, d'assez bon appétit, servie par sa gouvernante, couvée à la dérobée par les regards de huit paires d'yeux ou plutôt de sept, car le chef de la famille ne tourna pas une seule fois le visage du côté de la pauvrette. A la fin, elle prit le parti de s'endormir, à mon grand effroi, car je savais par expérience de quels châtiments une pareille infraction aux convenances était punie. J'aurais voulu être à côté d'elle pour la pincer et lui épargner les désagréments qui l'attendaient. Mais il faut croire que, pour ce premier soir, l'amnistie était proclamée d'avance, car personne n'eut l'air de rien voir.

Le moment venu de se rendre à l'office pour la prière, mon oncle dit quelques mots en anglais à la gouvernante de sa petite-fille, qui fut doucement tirée de son sommeil. Tous trois alors se dirigèrent vers la porte de droite qui conduisait aux appartements, tandis que le reste de la famille gagnait la porte de gauche, celle de la galerie. A ce moment, la crise reculée ou dissimulée jusqu'à cette heure éclata, lorsque personne ne l'attendait. Mon grand-père s'arrêta court, se tourna vers le groupe des dissidents et, d'une voix d'autorité qu'on entendait rarement, que je n'entendais jamais sans frissonner de tous mes membres, il demanda :

— Pourquoi cette enfant ne vient-elle pas prier avec tout le monde?

Un léger tressaillement se fit voir sur les traits de l'oncle Jean, comme à l'approche d'un danger. Il répondit ces paroles qui tombèrent lourdement au milieu du silence général :

— Parce qu'elle est protestante, mon frère.

On peut être certain, dans le sens le plus rigoureux du mot, que les murs du château n'avaient rien entendu de semblable jusqu'à cette heure.

Tout le monde s'arrêta, figé par une sorte de stupéfaction. Mon grand-père, tremblant de la tête aux pieds,

resta sans pouvoir parler pendant une minute qui nous
parut un siècle. Ses yeux fixaient les yeux de l'oncle
Jean qui soutenait le choc, la tête levée, attendant le
signe qui devait l'éloigner du toit de ses ancêtres à tout
jamais. Pendant ce temps-là, celle qui soulevait bien involontairement tous ces orages venait de se rendormir
sur les bras de sa gouvernante. Jamais je n'oublierai
cette scène d'un autre âge.

— Monsieur, dit enfin le chef de la famille (ce *monsieur* avait quelque chose d'aussi terrible que ces
formules d'excommunication qui mettaient tout un
royaume en interdit, à l'époque où les papes n'avaient
pas appris la mansuétude politique), Monsieur, tandis
que nous prierons là-bas, je vous exhorte à méditer,
dans la grande salle, devant le portrait de notre ancêtre le martyr.

Je connaissais, comme tout le monde, l'histoire de
« notre ancêtre le martyr ». C'était un brave seigneur
de ma race qui, assiégé par les troupes de la Ligue, en
ce même château où nous étions, s'était laissé passer
au fil de l'épée, lui et ses hommes d'armes, plutôt que
d'accepter les honneurs de la guerre qu'on lui offrait,
moyennant qu'il se ferait huguenot. Cette histoire, l'oncle Jean la savait tout comme moi, et même beaucoup
mieux, car il avait eu le temps de l'entendre plus sou-

vent. Je me demandais, une sueur glacée au front, ce qu'il allait répondre à l'apostrophe de mon grand-père. A ma grande surprise, cet homme extraordinaire ne parut nullement embarrassé. Il répondit, en rougissant un peu d'émotion :

— Mon frère aîné me ferait-il l'injure de croire que je n'imiterais pas notre aïeul, à cette même minute où nous parlons, si l'ennemi entrait par cette porte?

Involontairement, je suivis des yeux le grand geste du vieillard qui parlait ainsi. Mon imagination surexcitée me reportait en arrière de trois siècles, et rien ne m'aurait moins étonné que de voir un parti de lansquenets, tout fumants de carnage, déboucher de la galerie, prêts à faire de nous tous autant de martyrs. Mais je vis seulement ma grand'mère qui faisait à son mari des signes suppliants. Celui-ci ne laissait pas, sans doute, que d'être adouci et remué par la déclaration solennelle qu'il venait d'entendre, car il n'ajouta pas un mot. Et cependant il est probable que ce fidèle n'avait pas été beaucoup plus ébranlé par la nouvelle du supplice de Louis XVI, qu'il ne le fut ce soir mémorable où il apprit que la petite-fille de son frère était protestante. Je sens encore aujourd'hui le frisson qui passa dans mes épaules au regard que le chef de ma famille jeta sur l'innocente renégate. Heureusement, dans cette génération, l'on restait maître de ses nerfs même en présence de l'échafaud.

Cet incident mémorable n'alla donc pas plus loin. La troupe fidèle reprit sa route vers la terre promise de l'office où l'on allait prier, précédée, en guise de colonne de feu, par le vieux François portant une des lampes. Le trio rebelle continua sa route vers le désert du salon et, comme j'étais d'assez grande force en histoire sainte, je ne pus m'empêcher de comparer le sort de mon oncle à celui d'Agar, disparaissant avec son fils dans la profondeur des solitudes désolées.

La prière eut lieu comme à l'ordinaire, sauf que l'examen de conscience fut prolongé par mon grand-père dans des proportions absolument invraisemblables. N'ayant pas, à cette époque, une provision d'iniquités suffisante pour m'occuper si longtemps, je pensais à ma jeune cousine.

« Pauvre petite! me disais-je. Comme il est dur de penser qu'elle grillera dans l'enfer pendant l'éternité, de compagnie avec le chapeau de paille noire de sa bonne, tandis que j'aurai en partage les joies du paradis, moi et tous ceux qui sont agenouillés là, par terre ou sur des chaises, même le jardinier mon ennemi auquel, je l'espère du moins, Dieu fera la grâce de pardonner avant sa dernière heure! »

Ainsi qu'on peut le voir, je n'étais pas, en théolo-

gie, de l'école des Liguoristes, puisque je damnais la
pauvre Rosamonde sans aucune rémission, sur sa seule
qualité d'hérétique. Mais son sort en ce bas monde était
moins facile à pronostiquer.

« Jamais, pensais-je tristement, on ne lui permettra
de passer la nuit sous le même toit que nous. Que
deviendra-t-elle? Sur quelle pierre, sous l'abri de quel
buisson reposera-t-elle sa tête? Aussi, quelle idée d'être
protestante! »

Je revins au salon avec tout le monde, le cœur
affreusement serré, m'attendant à quelque exécution terrible. Heureusement nous ne trouvâmes dans le désert
du grand salon ni Agar ni Ismaël, c'est-à-dire ni l'oncle
Jean, ni la petite Rosamonde, ni sa bonne. Je dois
même dire, pour rendre justice à tout le monde, que
la satisfaction que me causa leur absence sembla parta-
gée par toute la famille, à commencer par mon grand-
père. Malgré tout ce que j'ai dit, le saint vieillard aurait
été le plus malheureux des hommes, j'en suis sûr, s'il
avait dû, cette nuit-là, recommencer la Saint-Barthé-
lemy pour son compte, en mettant sa petite-nièce à la
porte. Les autres membres de la famille, même les ancêtres, n'étaient pas plus fanatiques; aussi personne n'eut
garde de faire la moindre allusion aux drames de la soirée. Pour ma part, je n'en soufflai mot à être vivant jus-

8

qu'à l'heure, bientôt arrivée, où je me trouvai seul avec
ma vieille Justine, qui était venue me prendre pour me
mettre au lit.

— Où est-*elle*? demandai-je tout bas, comme si nos
murs n'avaient pas eu, pour être sourds, les meilleures
raisons du monde.

— Pauvre mignonne! elle dort déjà. *Madame la
Mère* lui a fait préparer une couchette au deuxième
étage de la petite tour, au-dessus de l'appartement de
monsieur le baron. Nous sommes toutes allées la voir
par l'escalier dérobé, mais monsieur le baron monte
la garde à sa porte et ne veut laisser entrer personne.
Il ressemble à un lion qui défend ses petits.

Je me demande où Justine avait jamais pu voir un
lion dans l'exercice redoutable de ses fonctions paternelles, mais cette comparaison vigoureuse ne manqua
pas de me frapper vivement l'imagination. Toute la
nuit je rêvai de Rosamonde. Je la voyais dormir sous
un arbre bizarre qui était sans doute un palmier, gardée
par un monstre à crinière qui avait les yeux noirs et la
moustache en brosse de l'oncle Jean.

Au moment où j'écris ces lignes, elle repose encore,
la chère créature, non loin de la petite tour où elle dor-
mit si bien cette nuit-là, et c'est toujours l'oncle Jean
qui la garde.

Que de douleurs et que de joies, que de larmes et
que de sourires ont passé entre ces deux sommeils !
Pauvre cher oncle Jean ! veillez bien sur l'orpheline,
en attendant qu'un autre aille prendre place et faire
bonne garde, lui aussi, près de celle qui fut tant aimée.

VI

Les gouvernements forts ne laissent rien voir à l'extérieur des crises qui, fatalement, les troublent quelquefois, sans compromettre leur solide existence. Répressions vigoureuses, prudentes concessions, réformes prévoyantes, tout s'accomplit sans bruit, sans agitation, sans efforts, et l'apparition même de personnages nouveaux n'inspire aux citoyens qu'une curiosité bienveillante.

Ainsi se passaient les choses à Vaudelnay. Je n'ai
jamais su et ne saurai jamais quelles explications furent
échangées entre l'oncle Jean et son frère, au lendemain
de cette soirée. La discussion fut-elle violente, ou l'autorité souveraine céda-t-elle facilement? Les conseil-
lers de la couronne eurent-ils besoin d'intervenir? Les
échos du cabinet de ma grand'mère, endormis depuis
longtemps, pourraient seuls me l'apprendre aujourd'hui,
car ce cabinet avait des portes épaisses, et les *ancêtres*,
dans les moments les plus pathétiques, parlaient toujours sur le ton discret de la bonne compagnie. Tout ce
que je puis dire, c'est que le lendemain, sur le coup
de onze heures, le baron, très calme en apparence, vint
prendre sa place à table tenant Rosie par la main et suivi
de l'inévitable Lisbeth.

Ce diminutif aussi anglais que salutaire de « Rosie », employé dès lors par mon oncle quand il adressait
la parole à sa petite-fille, fut adopté immédiatement
par les *jeunes*, c'est-à-dire par mes parents et par moi.
Il en fut de même pour les domestiques, sauf pour la
cuisinière, invariablement rangée du parti des *ancêtres*.
Ceux-ci, jusqu'à leur dernière parole ici-bas, n'appe-
lèrent jamais leur jeune parente autrement que Rosamonde, sans lui faire grâce d'une lettre.

En y réfléchissant, — et je n'ai eu que trop le temps

de réfléchir depuis l'époque dont je parle, — je me suis demandé si la pauvrette n'aurait pas été plus heureuse dans n'importe quel asile d'enfants trouvés, qu'elle ne le fut à Vaudelnay, du moins pendant les premières semaines.

Au vieux manoir, l'existence était souvent sombre, même pour moi, l'enfant de la promesse. Or mon grand-père et ses deux sœurs professaient contre « l'Anglais » cette haine féroce dont l'*autre haine*, celle qui nous gonfle le cœur aujourd'hui contre une nation encore plus voisine, ne peut donner qu'une légère idée. Joignez à cela que le seul mot d'hérétique faisait luire à leurs yeux tout à la fois les flammes de l'enfer, celles du bûcher de Jeanne d'Arc, et, plus près de nous, les reflets sanglants de l'incendie allumé à Vaudelnay par l'amiral de Coligny, pendant les guerres de religion du règne de Charles IX. Comme de juste, dans ma jeune ardeur fraîchement avivée par mes études historiques tant soit peu entachées d'exclusivisme, je partageais ces doctrines exaltées. Fort heureusement, ma grand'mère était une sainte, incapable de haïr personne, et mes parents, plus portés à la tolérance par le courant de leur génération, se maintenaient à l'écart de ma cousine dans une neutralité compatissante.

Il n'en est pas moins vrai que, s'il existait au monde
un coin de terre où la pauvre petite n'aurait jamais dû
mettre le pied, c'était Vaudelnay. Mais apparemment,
pour des raisons inconnues de moi, mon oncle n'avait pas
le choix pour la résidence de sa petite-fille. Il fallut
donc, de part et d'autre, se résoudre à une cohabitation
qui ressemblait, sous certains rapports, à l'internement
d'une colonne de prisonniers de guerre sur le territoire
ennemi, ressemblance d'autant plus complète que Rosie
ne savait pas le premier mot de notre langue. Au train
dont marchaient les choses, elle risquait même d'arriver
à sa majorité sans être plus savante sous ce rapport, car
mon oncle, qui s'occupait chaque jour de son éducation,
pendant plusieurs heures, mettait une sorte de fierté et
de rancune à ne jamais faire entendre à la petite ni à sa
bonne un seul mot de français.

Quant à moi, je ne l'apercevais guère qu'aux heures
des repas, du moins dans les premiers jours. Elle mangeait peu et du bout des lèvres, avec des mouvements
de tête d'oiseau malade, moitié, je pense, à cause de
la terreur que lui inspiraient tous ces visages sévères
et ridés, moitié parce que la cuisine de Vaudelnay, tout
irréprochable qu'elle fût, différait essentiellement de
celle que l'enfant avait toujours connue. Mais, si la nouvelle venue ne brillait pas par l'appétit, elle me surpas-

sait encore par la correction de sa tenue, ce qui n'est
pas peu dire. Une fois, même, je m'entendis réprimander
par cette sévère apostrophe sortie de la bouche de mon
grand-père :

— Je suis fâché de vous dire que vous êtes infiniment moins propre à table que votre cousine.

La tristesse, déjà consciente des choses, peinte sur
cette physionomie enfantine — elle n'avait pas sept
ans — faisait peine à voir. Bientôt toutefois, Rosie se
prit pour son grand-père d'une adoration fort naturelle
à tous les points de vue. De temps en temps elle jetait
sur lui un long regard qui remplissait ses yeux d'une
tendresse humide, et je dois dire que l'oncle Jean lui
rendait avec usure cette silencieuse caresse à distance.
Il semblait à la fois très sombre et très heureux; nous
ne l'apercevions presque plus; sa vie se passait tout entière soit dans l'appartement de la petite tour, devenue
l'asile de cette branche cadette de la famille, soit, si le
temps était beau, dans quelque coin mystérieux de l'immense parc. Là, il suivait pendant des heures, dans une
véritable extase, les jeux calmes de l'enfant. Je les observais parfois de loin, avec un peu d'envie, sans oser troubler leur tête-à-tête tranquille. Quand la pelle de bois
de l'enfant avait laissé des traces trop profondes sur le
sable des allées, il fallait voir avec quel soin mélanco-

9

lique l'oncle Jean, avant de regagner le château, répa-
rait les dégâts.

— Nous ne sommes pas chez nous! semblait-il dire
tout bas en courbant vers le sol sa longue taille amaigrie.

Mes sentiments personnels envers ma cousine furent longtemps ceux du plus profond dédain, car, ainsi
qu'il arrive pour la plupart des garçons de mon âge,
il était admis pour moi que « les filles » appartenaient
à une catégorie inférieure d'êtres humains.

Matin et soir, il est vrai, nous nous embrassions,
Rosie et moi, comme nous embrassions tous les membres de la famille, ce qui portait à seize le nombre des
baisers quotidiens que le cousin et la cousine devaient
donner ou recevoir, sans compter les extras. Mais
quelle différence dans la manière dont chacun des deux
accomplissait la cérémonie à l'égard de l'autre! On aurait dit que cette caresse toute machinale chez moi,
était une aumône que je daignais accorder et que l'on
recueillait avec une humble reconnaissance. Quand
mes lèvres allaient trouver la joue de l'enfant, elle
fermait les yeux et semblait attendre pour voir si je
ne doublerais pas la dose, idée fort naturelle à coup
sûr, mais qui me vint seulement plus tard, après que
la glace fut brisée entre nous. Voici dans quelles circonstances.

Il va sans dire que j'avais « mon jardin », morceau de
terre de cent pieds carrés où je cultivais des légumes,
non pas des plus recherchés, je l'avoue. Mes relations
tendues avec le jardinier ne me permettaient pas de
solliciter ses faveurs, et d'en obtenir autre chose que
des plants de choux avariés ou des graines de haricots
rebutés par l'autorité compétente comme « ne voulant
pas cuire ». Voilà ce qu'on gagne — je l'ai reconnu
mieux encore pendant ma courte vie politique — à
faire partie de l'opposition! Un jour, je sarclais mes
laitues qui se faisaient un malin plaisir de « monter »,
alors que mes petits pois s'obstinaient à ne pas quitter
la terre, sourds à l'invitation des ramures que je leur
avais préparées. Miss Rosie vint à passer le long de mon
domaine, escortée de sa bonne. Elle s'arrêta pour me
voir travailler, me regardant moi et mes produits d'horticulture d'un air d'admiration dont je me sentis plus
flatté que je ne le laissai paraître, car, à peu d'exceptions
près, les promeneurs de toute catégorie qui s'égaraient
dans ces parages refusaient manifestement de prendre
mon exploitation au sérieux.

Malgré les objurgations de Lisbeth, qui voulait l'en-
traîner plus loin, ma cousine restait là, plantée sur ses
petites jambes. Quand j'y pense aujourd'hui, j'imagine,
— cette fatuité n'était alors ni dans mes moyens ni

dans mes habitudes, — que l'on se souciait moins du
jardin que du jardinier. Avoir, pour ses jeux toujours
solitaires, un compagnon, même plus âgé qu'elle,
n'était-ce pas le rêve instinctif de cette enfant dont
on pouvait dire : Elle est venue parmi les siens, et les
siens l'ont bien mal reçue !

Je devais avoir la mine d'un seigneur d'opéra-
comique rassurant une bergère, quand je fis signe à Rosie que je lui permettais de franchir ma clôture, formée
d'une haie de buis de vingt centimètres. Elle accepta,
rougissant de plaisir, et je la précédai fièrement, la
conduisant de la forêt de mes framboisiers à la prairie
naissante de mes épinards, puis à ma ferme, repré-
sentée par une caisse verte, où, derrière un grillage,
des lapins blancs remuaient leurs narines, et enfin à
ma maison de campagne composée d'un banc rustique
abrité par un toit de joncs.

Mes lapins blancs, on le devine, furent, de toutes
mes richesses, la partie qui émerveilla davantage ma
visiteuse. Elle les caressa de sa petite main, après m'en
avoir demandé la permission d'un regard très humble. Si je l'avais laissée faire, je crois que nous y serions
encore... Pauvre chérie ! Aujourd'hui je donnerais bien
des prés, des châteaux et des fermes pour que nous y
fussions encore, en effet !

LA FERME

Mais, ce jour-là, j'estimais que j'avais mieux à faire qu'à contenter la curiosité d'une petite fille, et je lui déclarai par signes que mes travaux d'horticulture me réclamaient. Par signes, faute de pouvoir s'exprimer en français, l'enfant me témoigna qu'elle serait la plus heureuse personne du monde de travailler aussi. L'imprudente! Elle ne se doutait pas qu'elle venait de poser elle-même le joug de l'esclavage sur ses épaules.

A partir de ce moment, j'eus sous mes ordres une ouvrière docile, remarquablement intelligente, d'un zèle infatigable et possédant la précieuse qualité de ne rien exiger de son maître, pas même la reconnaissance. Bien entendu, je lui confiais les besognes les moins agréables, telles que l'enlèvement des cailloux qui désolaient mes parterres, le nettoyage des herbes parasites et la destruction des limaces qui semblaient s'être retirées de toutes les régions voisines dans mes planches d'épinards, comme dans un asile assuré. Jamais, durant les heures consacrées à ces tâches ingrates, ma subordonnée volontaire n'essaya l'ombre d'une révolte contre mon autorité passablement tyrannique, je l'avoue. Tout en accomplissant sa besogne, elle s'efforçait de lier conversation avec moi, et je me flatte d'avoir été son premier, sinon son meilleur professeur dans notre langue.

Une fois de plus, en cette occasion, il fut permis
de constater l'excellence de ce proverbe : qu'un bien-
fait n'est jamais perdu. Mon ennemi le jardinier, témoin
de mes bons rapports avec ma cousine et se méprenant,
j'en ai peur, sur mon désintéressement, devint du soir
au matin mon protecteur et mon ami. Dès lors il m'ap-
porta de lui-même ses meilleurs plants et ses graines
les plus rares ; il me prodigua ses conseils et ses leçons.
Bien plus, à partir de ce changement dans mon attitude,
lors de certaines expéditions tentées par moi dans la
région des espaliers et des quenouilles, je crus m'apercevoir que cet adversaire jadis redouté faisait semblant
d'être aveugle ou tournait les talons, comme s'il avait
résolu de me laisser le champ libre.

Un drôle de corps, ce sournois de jardinier ! Il savait
tout, sans compter bien d'autres choses. Quel ne fut
pas mon étonnement de l'entendre un jour échanger
quelques mots d'anglais avec Lisbeth ! Presque chaque
matin, tandis que cette brave fille agitait son éternel
tricot tout en surveillant « mademoiselle Rosée »,
comme disaient les domestiques, le compère s'arrangeait pour passer par là. Dieu sait que Lisbeth n'avait
pas la mine d'une personne destinée à connaître les
aventures. Pourtant cet original s'éprit d'elle, sans en
rien dire à qui que ce fût, pas même à la principale

intéressée. Ils finirent par s'épouser, ainsi qu'on le verra plus tard, alors qu'ils étaient tant soit peu vieillots l'un et l'autre.

En dehors des affaires, c'est-à-dire de mon jardin, pendant les repas et durant les moments assez courts de notre présence commune au salon, je commençais à traiter ma cousine un peu plus gracieusement, non sans maintenir envers elle ma position de supérieur à inférieure. Dans les rares occasions où elle se hasardait à prononcer quelques mots de français, je riais de ses bévues avec l'altière commisération d'un chancelier de l'Académie, tandis que j'aurais dû souvent les excuser en ma qualité de professeur responsable.

Pauvre mignonne! si jamais enfant fut préservée par les premières années de son éducation contre les dangers de l'amour-propre, c'est bien celle-là. Ce qu'elle faisait de mal était étalé au grand jour et réprimandé sévèrement, tandis que ses bonnes actions et ses qualités passaient pour choses toutes naturelles. Dès qu'elle put comprendre trois mots de français, ma grand'mère ne cessa de lui répéter qu'elle était laide avec une insistance convaincue, mesure préventive qui faisait évidemment partie du système d'éducation pratiqué à Vaudelnay. Tels en étaient d'ailleurs les heureux résultats, qu'il n'était pas douteux, même pour moi, que mon

10

infortunée cousine ne fût une sorte de monstre déshé-
rité par la nature.

Anglaise, pauvre, laide et protestante! Quelle accu-
mulation de disgrâces sur une seule tête humaine! Il
ne fallait pas moins que les préceptes rigoureux de la
charité chrétienne, qui m'étaient inculqués chaque jour
entre une page du *De viris* et un problème d'arithmé-
tique, pour me donner le courage de faire bonne mine
à cette victime de la destinée — hors de la présence
des limaces qui me la rendaient indispensable. Mais il
faut croire qu'elle avait appris en naissant l'art fort
utile ici-bas de savoir se contenter de peu. Si seulement je lui envoyais quelque chose qui ressemblât à
un sourire, d'un bout de la table à l'autre, si, dans
mon coin favori du salon, je lui permettais d'appro-
cher ses joues roses des miennes et d'admirer les
splendeurs de mes livres d'images, c'était aussitôt un
de ces regards mouillés qu'elle réservait exclusivement
à deux êtres en ce monde : l'oncle Jean et moi.

Je parle, bien entendu, des êtres humains, car mes
lapins blancs, qu'elle était chargée de soigner sous ma
haute direction, n'étaient pas beaucoup moins bien
traités par leur très jeune mère nourricière. Un jour
que de nombreux petits étaient survenus à son grand
étonnement — et même au mien, car nous aurions

rendu des points à Daphnis et à Chloé sous le rapport de l'ignorance — elle faillit s'évanouir de joie, la pauvre orpheline qui n'avait pas la chaude caresse d'une mère pour attiédir son existence d'être isolé et méconnu !

Ainsi se passèrent les premiers mois de l'existence de Rosie à Vaudelnay.

VII

Tant de douceur et de gentillesse devaient forcé-
ment, un jour ou l'autre, produire leur effet sur des
cœurs aussi bons que l'étaient ceux des membres de
la famille, sous leur rude apparence. Petit à petit, chacun se prit de tendresse pour cette enfant qui faisait
si peu de bruit, tenait si peu de place et demandait si
peu de choses. Mais il était facile de voir que tous les

Vaudelnay du monde, y compris le plus jeune d'entre
eux, se cachaient les uns des autres pour aimer Rosie.
Nous la gâtions outrageusement, quand personne ne
pouvait nous voir, et semblions à peine la connaître
aussitôt qu'une forme humaine se montrait au bout du
corridor.

Il n'était presque pas de jour où ma cousine ne
parût à table avec un bout de ruban noir ou quelque
brimborion de jais, qui n'était pas venu tout seul embellir son vêtement de deuil plus que modeste. Un soir,
au salon, pendant le dîner de sa bonne, l'imprudente
vint m'offrir des bonbons dans un sac portant l'estam-
pille du confiseur à la mode de Poitiers, ce qui sembla
causer un malaise profond à mon père, le seul de la
famille qui fût allé en ville ce jour-là. Il y eut un silence,
comme il arrive toujours dans les moments où l'on
devrait causer. Mais chacun, il faut le croire, s'était
donné le mot pour ne s'apercevoir de rien, et je me
hâtai de faire rentrer le corps du délit dans la poche
d'où il n'aurait jamais dû sortir.

Quelques jours après, Rosie se montra pressant
contre son cœur une poupée imperceptible du vernis
le plus frais. La semaine suivante, la poupée avait
grandi d'une main. Avant la fin du mois, elle était
presque aussi grande que Rosie elle-même et, à coup

sûr, beaucoup plus élégante dans ses ajustements. Il en fut des poupées comme du sac de bonbons : personne ne s'avisa de s'inquiéter de leur provenance. Ma cousine aurait pu, j'en suis sûr, parader d'un bout à l'autre du château avec le colosse de Rhodes sur les bras, sans qu'on lui fît la moindre question embarrassante. Elle continuait à garder — ou peu s'en faut — le silence des premiers jours, aussi longtemps qu'elle se trouvait dans les réunions plénières de la famille. Mais quand nous étions à mon jardin, elle commençait à babiller tant bien que mal en français, malgré les rires moqueurs dont je saluais ses barbarismes.

Évidemment il y avait contre elle des griefs, ignorés de moi, d'une nature trop grave pour que sa gentillesse pût les faire oublier. Du moins je pouvais en constater un, qui n'était pas, tout me portait à le croire, un des moins odieux. Chaque soir, à l'heure de la prière, chaque dimanche, à l'heure de la messe, quand la place de cette jeune hérétique restait vide parmi nous, la plupart des fronts se plissaient. La blessure pourrait-elle jamais se fermer? Cette inquiétude, malgré mon âge, me préoccupait.

Vers la fin du printemps qui suivit l'arrivée de ma cousine à Vaudelnay, toutes les pensées de la famille se tournèrent sur un seul point : ma première commu-

nion, dont l'époque approchait. Dès lors j'entrai dans
la période sévère de la méditation et de la pénitence.
Mon jardin fut abandonné, et je ne vis plus guère ma
cousine. Craignait-on pour moi un prosélytisme, in-
conscient à coup sûr, mais funeste? Que serait-il arrivé,
en effet, si, Polyeucte d'un nouveau genre, j'avais crié
en face de la table sainte :

— Je suis protestant!

La chose ne semblait guère à redouter, car, tout au
contraire, je me sentais prêt à mourir pour ma foi.
Mais qui peut savoir jusqu'où vont les ruses diaboliques
de l'ennemi de notre salut?

Je dois dire que l'excellent curé qui dirigeait ma
conscience et travaillait assidûment à « ma conversion »
faisait preuve, sur toutes ces questions, des idées les
plus larges. Bien des fois nous avions abordé franche-
ment le fatal sujet, car, plus j'approchais du Ciel, plus
j'éprouvais d'amertume à voir ma jeune et infortunée
parente assise à l'ombre de la mort.

— Soyez sans inquiétude, me disait le saint prêtre.
Dieu est bon et nous le fera voir à tous. Priez pour
votre cousine et laissez le reste aux soins de la Providence.

A demi rassuré par ces paroles, je priais beaucoup,
en effet, pour que le Seigneur ouvrît les yeux de la

LA BÉNÉDICTION

11

brebis égarée, et aussi pour qu'on lui permît d'assister
à la cérémonie, chose qui ne me paraissait rien
moins que probable. Ce fut donc une grande joie pour
moi d'apprendre que Rosie, ce jour-là, viendrait à la
messe. Avant de se rendre à la petite église, parée
comme elle ne l'avait pas été depuis le mariage de mon
père, toute la famille s'assembla au salon. J'y fus in-
troduit à mon tour et, luttant contre une émotion dont
je ne renie point, Dieu merci! l'incomparable gran-
deur, je suppliai ces êtres chéris et vénérables d'oublier les peines, les mauvais exemples dont je les avais
abreuvés jusque-là, et de me les pardonner, à l'exemple de mon Créateur, qui, selon toute espérance, avait
daigné m'en accorder l'absolution.

Bien entendu, les hommes ne se montrèrent pas
plus impitoyables que le Souverain Juge. Mon grand-
père me bénit solennellement; tout le monde avait la
tête dans son mouchoir. Seule ma cousine me considérait de ses grands yeux noirs pleins d'étonnement et
brillants d'une flamme singulière. Pour la première fois
depuis son arrivée à Vaudelnay — probablement pour
la première fois de sa vie — elle fut témoin des pompes
de notre culte. On ne m'ôtera pas de la pensée qu'une
bonne partie du sermon fut prêchée tout exprès pour
elle, sur ce texte qui devait la toucher plus qu'une autre :

« Laissez venir à moi les petits enfants. »

La messe achevée, les communiants défilèrent triomphalement au bruit des cloches et aux accords de l'harmonium. Il va sans dire que tout le village avait les yeux fixés sur « monsieur Gaston », et j'ai le regret d'ajouter que jamais, depuis lors, il ne m'est arrivé d'être aussi digne de l'estime et de l'attention générales. Dans la foule de mes parents proches ou éloignés, grossie par des invitations nombreuses, je cherchais ma jeune cousine. Enfin je la découvris, dissimulée à l'écart, me considérant avec une sorte de respect mystique. Sa physionomie, généralement peu révélatrice, rayonnait d'enthousiasme. Je lui fis un signe; elle s'approcha doucement et, comme si elle ne se fût pas crue digne d'une caresse plus intime, elle me prit la main et la serra contre son cœur.

Le soir, quand vint l'heure de la prière en commun, Rosie, sans que personne pût s'y attendre, fit une action dans laquelle toute la famille se plut à reconnaître l'effet aussi prompt que miraculeux de ma puissante intercession. Encore une fois elle prit ma main et, sans dire un mot, suivit tout le monde à la pieuse assemblée. A partir de ce jour, elle ne manqua jamais de prier avec nous. J'anticipe sur les événements pour dire qu'un certain jour, quatre ans après, elle reçut à la

fois le baptême catholique et la communion. J'eus
même l'honneur d'être son parrain, car on continuait
à m'attribuer une part sérieuse dans sa rentrée au
giron de l'Église. J'avoue que, dans la suite, il m'est
arrivé d'exercer des influences moins orthodoxes sur
d'autres âmes féminines, mais j'espère que la suprême
justice ne m'en tiendra pas rigueur, en considération
de ce précoce apostolat.

Durant quelques mois, après ma première communion, les choses reprirent à Vaudelnay leur cours ordinaire, avec une amélioration des plus marquées dans
le sort de ma cousine. On la traitait avec bonté, mais
toujours avec une pointe de réserve, comme si, malgré
tout, un stigmate inconnu pesait sur elle. Puis l'heure
vint où je dus quitter ma famille pour le collège, et,
de longues semaines à l'avance, la perspective de ce
grave événement couvrit d'un voile sombre le château
tout entier, dont chaque habitant, maître ou domes-
tique, avait, je le crois bien, l'indulgence extrême de
m'adorer.

Ce fut par moi que ma cousine connut la grande
nouvelle. Un jour du commencement de septembre
que nous travaillions à mon jardin, je sentis tout à coup
cet amer sentiment de l'*à quoi bon?* qui nous alourdit le
cœur à certaines minutes de la vie.

— Ma pauvre Rosie, soupirai-je, quand ces chry-
santhèmes que nous arrosons seront en fleur, je n'aurai
pas le plaisir de les voir. Mais toi, tu les verras, heureuse créature!

D'abord elle ne comprit pas. Selon son habitude,
elle me fit répéter ma phrase, car elle ne laissait passer
aucune de mes paroles qu'elle ne l'eût saisie, absolument comme s'il se fût agi d'un texte important. Quand
j'eus bien expliqué ce que c'était que le collège, et
comme quoi cette invention funeste allait nous tenir
séparés pendant de longs mois, le visage de ma compagne sembla se figer dans une rigidité marmoréenne,
ce qui était presque, à vrai dire, son état naturel quand
nous n'étions pas ensemble. Elle eut un instant de réflexion fort concentrée, puis elle me dit :

— C'est donc pour cela qu'*ils* sont tous tellement
tristes depuis quelques jours!

— Trouves-tu qu'ils soient si tristes? demandai-je,
flatté au fond de l'importance que me donnait cette
désolation universelle.

— Oh! certainement, Gastie, appuya l'enfant. Hier
j'ai vu pleurer ma tante. Quel dommage que je ne
puisse aller au collège à ta place! Personne n'aurait
envie de pleurer.

Ces mots empreints d'une désillusion précoce me

parurent alors burlesques au possible et j'éclatai de
rire, ce qui prouve qu'un homme ne voit pas toujours les choses comme elles méritent d'être vues,
et méconnaît souvent les trésors cachés dans un
cœur de femme, même d'une petite femme de sept
ans.

A partir de ce jour-là, mon jardin continua de recevoir nos visites, mais les instruments de culture se
couvrirent de rouille, car nous passions notre temps
à *me* plaindre. Je venais de découvrir soudain que le
rôle de victime a de grandes douceurs. Je permettais
généreusement à Rosie de pleurer sur moi, sans m'inquiéter beaucoup de savoir si elle n'avait pas envie,
quelquefois, de pleurer sur elle-même. On voit que je
continuais à être persuadé que nous n'appartenions pas
tout à fait à la même catégorie d'êtres.

J'abrège le récit de ces derniers jours. Le moment
du départ venu, j'ai honte d'avouer que je fis preuve
d'une faiblesse indigne de mon sexe : littéralement, je
fondais en eau. Quant à ma cousine, je pus constater
qu'elle ne versait pas une larme, estimant probablement qu'elle était trop peu de la famille pour s'accorder cette prérogative. D'ailleurs elle semblait être
devenue invisible, et c'est à peine si elle reparut pour
me faire ses adieux quand je montai en voiture. Mais

la première lettre de ma mère contenait cette phrase
en post-scriptum :

« J'oubliais de te dire que ta cousine s'est mise au
lit le lendemain de ton départ. Le médecin ne lui trouve
aucune maladie et suppose qu'il s'agit d'une simple
crise de croissance. Cher enfant bien-aimé, soigne-toi
bien et fais tous tes efforts pour n'être pas trop triste,
loin de nous! »

VIII

Je me soignai du mieux qu'il me fut possible, et ma
santé sortit victorieuse des émotions que je venais de
traverser. Pour être franc, je confesserai que je ne
fus pas douze heures au collège sans découvrir non seulement que la discipline y était moins sévère qu'à Vaudelnay, mais encore que les plaisirs de mon âge m'y
attendaient en plus grand nombre. Cependant, par une

12

sorte de politesse affectueuse pour ma famille, j'eus
soin de ne pas manifester trop clairement cette surprise
agréable, et j'eus le tact de laisser croire que les blessures de mon cœur prenaient un temps convenable pour
se cicatriser.

« Tâche de ne pas trop penser à nous, écrivait ma
mère. Tu te ferais du mal, mon cher Gaston! »

Hélas! Si elle avait pu entendre son cher Gaston
remplissant de ses cris joyeux les quinconces des
grandes cours, si elle avait pu le voir vainqueur à tous
les jeux, triomphateur dans toutes les batailles, elle
aurait été bien vite rassurée et peut-être un peu ja-
louse! Bientôt son cœur maternel fut assailli d'une
autre crainte. Grâce à la direction modeste mais pleine
de zèle du bon curé de Vaudelnay, j'étais, sans que
personne s'en doutât et sans m'en douter moi-même,
d'une jolie force dans toutes les matières qui composaient le programme peu chargé de ma classe. Les premières compositions me révélèrent comme destiné à
tous les succès.

« Nous sommes fiers de tes bonnes places, m'écrivait-on. Mais ne travaille pas trop! »

C'est, j'en ai peur, de tous les conseils que m'a donnés ma famille, le seul que j'ai toujours pieusement
suivi.

Les vacances de Pâques me virent arriver à Vaudelnay resplendissant de santé, chargé de diplômes, de
croix et de témoignages. Rien qu'à la façon dont mon
grand-père m'embrassa, je compris que le temps était
passé où je n'avais le droit, quand nous étions à table,
ni d'accepter du vin d'extra, ni de refuser des épinards.
Je sentis que j'étais devenu quelqu'un, d'autant plus que
mon uniforme, dans lequel j'apparaissais pour la première fois, me semblait devoir rehausser extrêmement
la dignité de mon extérieur. Durant vingt minutes,
la famille assemblée spécialement en mon honneur
m'examina, me pesa, me mesura, comme si je venais de
faire le tour du monde. Puis on me chercha une ressemblance parmi les portraits de la galerie. L'aréopage
décida contradictoirement que je rappelais d'une façon
prodigieuse mon ancêtre l'amiral, qui était brun, avec
le visage en lame de couteau, mon arrière-grand-oncle
l'archevêque, qui était camard, et une parente encore
vivante, Dieu merci, qui passait, je l'avais entendu
dire plus d'une fois, pour une des jolies femmes blondes
de la cour de Charles X.

Au milieu de ces discussions agréables, l'heure du
dîner arriva. Comme nous allions nous rendre à table,
une petite personne, que je ne reconnus pas du tout
d'abord, tant elle avait grandi, s'approcha de moi plus

timidement, je le gagerais, que la parente ci-dessus
nommée n'abordait le dernier roi de la monarchie
légitime.

— Tiens, Rosie! m'écriai-je d'un air affable de bon
prince. Tu es donc toujours ici?

Au regard que me jeta l'oncle Jean, il me vint un
soupçon que la phrase n'était pas des plus heureuses;
mais, dans l'agitation générale, personne que lui n'avait
dû la remarquer. Je réparai mes torts en embrassant
ma cousine qui ne levait pas les yeux sur moi, et en lui
donnant la main pour passer à table. J'appris le lendemain dans la conversation qu'elle travaillait beaucoup,
quelque chose comme douze heures par jour, car tous
les habitants féminins de Vaudelnay s'étaient coalisés
contre elle, pour ainsi dire, afin de pousser son éducation. Ma grand'mère lui enseignait la couture; ma
tante Frédérique la grammaire et l'orthographe; ma
tante Alexandrine le dessin et le piano; ma mère l'écriture, le calcul et l'Histoire sainte. Je frémis rien que
de penser à ce surmenage, auprès duquel ma vie de
collégien était une existence d'oisif.

Rosie trouva cependant moyen, je ne sais comment,
d'être à mon jardin quand je passai par là, dans ma
tournée de propriétaire. Jamais, au temps de ma plus
grande ferveur d'horticulture, mes plates-bandes

n'avaient été plus magnifiques. D'un œil anxieux, l'enfant guettait mes impressions.

— Oh! oh! m'écriai-je complaisamment, tu m'as bien remplacé, Rosie!

— Cela te fait plaisir? balbutia-t-elle, rouge de fierté et de plaisir.

— Mais oui, certainement.

Et, sans pousser l'éloge plus loin, je continuai ma route vers la pièce d'eau où les cygnes, qui me voyaient venir, s'approchaient de la rive pour prendre de ma main la pâture attendue. L'enfant, toute déconcertée de mon indifférence, était restée dans mon jardin et considérait de ses grands yeux tristes les inutiles résultats de ses labeurs.

Aux grandes vacances du mois d'août, je repassai par là, mais Rosie ne m'attendait pas, cette fois, pour mendier mon approbation. Le jardin était en friche. Elle aussi avait dû se dire : A quoi bon!

— La paresseuse! pensai-je. Il faudra que je la gronde.

Heureusement pour elle, un poney que je trouvai dans une stalle de l'écurie — j'avais remporté tous les prix de ma classe — m'ôta l'envie et le temps de gronder personne, surtout un être d'aussi médiocre conséquence que Rosie. Je la vis assez peu durant ces deux mois qui s'enfuirent comme un songe, au milieu de plaisirs de toute sorte. D'autres années passèrent. Après le poney, vint un fusil, et je ne rêvai plus que lièvres, perdreaux, contrepied et remise.

Puis la mort entra au château, et, quand elle connut le chemin de cette maison pleine de vieillards, elle y revint souvent comme si, la perfide! elle ne se plaisait pas aussi à moissonner les êtres jeunes. L'un après l'autre, les *ancêtres* s'en allèrent tous dormir dans le caveau creusé sous notre chapelle. Alors l'oncle Jean, resté seul de sa génération, quitta Vaudelnay, lui aussi, avec sa petite-fille, héritière de quelques milliers d'écus laissés par la tante Frédérique. L'autre, la tante Alexandrine, à cheval sur les vieux usages, avait testé en faveur du jeune héritier du nom.

Mes parents restaient maîtres du domaine, et ses seuls habitants. Est-il besoin de dire avec quelle joie ils auraient conservé sous leur toit l'oncle Jean et sa petite-fille? On supplia le baron de garder son appartement dans la vieille tour, mais il ne voulut rien entendre.

— Quand mon frère et mes sœurs étaient là, dit-il, je pouvais y être aussi. Un octogénaire de plus ou de moins, cela ne tirait pas à conséquence. Mais le temps a marché. Un vieux comme moi doit faire place aux jeunes. D'ailleurs, il vaut mieux pour Rosamonde qu'elle passe quelque temps à Paris.

Jamais on ne put l'en faire démordre. Un beau jour il s'éloigna sans bruit de Vaudelnay, suivi de Rosie et de Lisbeth. A cette époque, je faisais mon droit à Paris et je ne vis pas s'accomplir cette séparation entre les deux branches de ma famille.

En m'annonçant le départ de l'oncle Jean et de sa petite-fille, ma mère me fit connaître leur domicile dans un quartier perdu de la capitale, situé quelque part derrière le Luxembourg.

« Tu iras les voir souvent, m'écrivait-elle. Je voudrais être sûre qu'ils seront heureux. S'il faut le dire, j'en doute, non seulement parce qu'ils possèdent fort peu de bien, mais encore parce qu'ils vont être égarés dans cette grande ville, sans un ami. Dieu sait que ton père et moi nous avons mis tout en œuvre pour empêcher ce départ qui nous désole. Mais tu connais ton oncle!... »

A la lecture de cette lettre, je m'étais bien promis d'aller voir dans les trois jours l'oncle Jean et sa petite-fille, ce qui eût été une entreprise ordinaire si j'avais habité le quartier Latin. Mais j'appartenais à la catégorie des étudiants du grand monde qui demeuraient autour de la Madeleine dans des entresols charmants,

allaient chaque soir dîner en ville, et se rendaient à
l'École — quand leurs devoirs sociaux le leur permettaient — dans des tilburys irréprochables de tenue. Je
crois même, Dieu me pardonne, que j'y suis allé à
cheval une fois ou deux avant de faire mon tour de
Bois.

Les trois jours que je m'étais donnés pour ma visite
à la branche cadette furent, je l'avoue, quelque peu
dépassés. Mais enfin l'appel du devoir se fit entendre,
et je me réveillai un beau matin en me disant :

— Aujourd'hui, qu'il vente ou qu'il grêle, j'irai voir
mon oncle et Rosie.

Malheureusement il me fut impossible de retrouver
l'adresse envoyée par ma mère. On dira qu'il était bien
simple de la demander, et je me promis, en effet, de
solliciter cet indispensable renseignement dans ma
prochaine lettre. Mais c'était là, vu mes habitudes, un
ajournement sérieux. J'étais alors de ceux que l'on voit
toujours prêts à braver, pour leur famille ou leurs amis,
tous les supplices du monde sauf un seul : la peine
effroyable d'écrire une lettre.

Cette invincible paresse épistolaire était une véritable infirmité que je déplorais moi-même avec une
aimable franchise. Toutefois ce défaut et les autres
étaient rachetés, il faut le croire, par de sérieuses qua-

lités, car je devenais l'ami de quiconque m'avait approché seulement une fois.

En y réfléchissant un peu plus, j'incline à croire que la principale de ces qualités consistait dans la fortune dont mon père, retenu à Vaudelnay par sa santé, me faisait jouir avec une générosité qui était chez lui un système. Nul ne m'adressa jamais le reproche d'avarice. J'avais en plus le don d'être « amusant », qui me faisait rechercher partout, bien que les gens amusants fussent alors moins rares qu'aujourd'hui, ainsi qu'en témoigneront tous mes contemporains et, je pense, aussi mes contemporaines.

Je crois pouvoir en appeler au même témoignage pour constater que j'étais joli garçon, bien fait de ma personne, bon valseur, fin cavalier, ni trop naïf ni trop blasé pour mon âge, plein d'aversion pour tout ce qui était malpropre et mal odorant au physique et au moral. Comme trait caractéristique, j'ajouterai que j'étais alors réglé dans mes mœurs à l'égal d'un chartreux, ou, pour parler d'une façon plus juste, à l'égal d'un forçat. Mon cheval, mes amis, mes études encore qu'un peu négligées, mes nouveaux devoirs d'homme du monde, devoirs que j'embrassais avec une fidélité convaincue, c'était de quoi composer une existence qui ne me laissait guère le temps de penser

13

à mal, et aurait en outre brisé les muscles d'un athlète.

Il faut joindre à cela que les femmes du monde, que je voyais de près, m'empêchaient d'admirer les autres et emportaient mes préférences, d'où le reproche qui m'était adressé par mes meilleurs amis d'être un personnage affecté ou bizarre. Malheureusement pour moi, ces femmes du monde refusaient méchamment de croire à la préférence dont je voulais bien les favoriser, où du moins leur gratitude à mon égard n'allait pas sans une défiance mal déguisée. Elles m'examinaient, me retournaient, me maniaient avec précaution, comme on fait d'un « bon objet » dans un étalage, quand on ne compte pas risquer l'emplette. Et, somme toute ...je restais à l'étalage.

Enfin, j'étais irréprochable, bon gré mal gré, et s'il m'était resté, par-ci par-là, une heure libre pour ma cousine et pour l'oncle Jean, je me demande ce qui m'aurait manqué pour être un modèle de toutes les vertus. Aussi, dans les bals, je voyais déjà les regards des mères marquer mon front de vingt-deux ans du sceau des élus, tandis que, dans le secret de leur cœur, elles pensaient :

« Voilà un garçon qu'il faudra suivre. Encore une saison ou deux, et ce sera un parti hors ligne s'il ne déraille pas. »

Ah! si les jeunes gens savaient pourquoi les mères vont au bal, pourquoi elles y conduisent leurs filles, au prix de fatigues sans nombre! S'ils savaient pourquoi les jeunes personnes sourient, font de l'esprit, dansent et vont au buffet! S'ils savaient!... Mais, parbleu! à l'entrain qu'ils témoignent aujourd'hui pour la plupart, je soupçonne qu'ils savent. D'ailleurs que ne savent-ils pas! Et comme c'est ennuyeux, triste, désespérant, de *savoir!*

IX

A la fin de ma première année de droit, il arriva
quelque chose qui me surprit fort : je subis assez gail-
lardement l'épreuve de l'examen. J'aurais mauvais goût
à blâmer la facilité du programme ou l'indulgence des
juges; toutefois, depuis ce premier succès de ma car-
rière de jurisconsulte, je n'ai jamais pu entendre dire
qu'un jeune homme a échoué dans ces peu terribles

débuts, sans me sentir plein pour lui d'une pitié profonde.

Les vacances me rappelaient à Vaudelnay; mais, cette fois, je sentais dans toute sa force l'impérieux devoir de rendre visite à l'oncle Jean et à sa petite-fille. Grâce à Dieu, mes amis et mes amies du grand monde étaient dispersés dans tous les sens. Je n'avais rien de mieux à faire à cette heure que de me montrer bon parent, ce que j'étais du reste au fond du cœur — tout au fond.

Mais la difficulté — elle était sérieuse — consistait à découvrir l'adresse du baron de Vaudelnay. La demander à ma mère? C'eût été faire l'aveu d'une coupable négligence. Fort heureusement le notaire de la famille, que je ne manquais pas d'aller trouver dans son étude le premier de chaque mois, devait posséder ce renseignement indispensable. En effet j'appris par lui que l'oncle Jean demeurait rue d'Assas. Je pris un fiacre pour me rendre chez ce vénérable parent, d'abord pour ne pas faire à ses yeux un étalage de mauvais goût, en faisant stationner devant sa porte ma voiture, mon cheval et mon groom; ensuite parce que les pavés de la rive gauche, brûlés par le soleil de juillet, ne valaient rien pour les pieds d'*Annibal*, qui avait la sole sensible comme l'épiderme d'une nymphe..

En apprenant du concierge que mon oncle était
seul chez lui — au quatrième étage et quel escalier !
— je me sentis aussi ému que je l'avais été huit jours
plus tôt devant mes examinateurs. Même, tout en
montant les marches, je me disais qu'on peut toujours
trouver moyen d'ânonner quelques phrases sur la
condition des affranchis ou sur l'incapacité des mineurs.
Mais que répondre à cette « colle » redoutable qu'on
allait sans doute me poser là-haut :

— Pourquoi n'es-tu pas venu nous voir dès que tu
as su que nous habitions la même ville ?

J'eus tout lieu de croire que l'oncle Jean n'avait
pas trop souffert de la rareté de mes visites, car il
m'accueillit comme si nous nous étions quittés la veille.
Je retrouvais bien cette bonté triste et ce sourire résigné que je lui connaissais, depuis le soir où il était
rentré à Vaudelnay, rapportant Rosie entortillée dans
sa couverture.

Pauvre oncle ! il avait franchi une étape de plus dans
la vieillesse. Il était facile de voir que la prochaine
halte serait la dernière. Il portait ses cheveux blancs très
longs ; sa taille s'était voûtée ; ses vêtements, d'un entretien irréprochable, trahissaient la pauvreté. J'eus un
léger malaise en les reconnaissant, pour les avoir vus
jadis à Vaudelnay... Je me hâtai de parler de ma cousine.

— Elle est à sa peinture, dit mon oncle. Ah! c'est
vrai : tu ne sais pas! Elle a pris une rage de barbouiller
des toiles. En toute justice elle a presque du talent.
Du reste, regarde.

Sur les murs s'étalaient quatre ou cinq tableaux dont
j'aurais eu quelque peine à discerner le mérite, non
seulement parce que j'étais loin d'être clerc en peinture,
mais aussi parce que, subitement, mes yeux se trou-
vèrent brouillés. Ces toiles étaient des vues de Vaudelnay, du parc, des environs, probablement faites de mémoire. Sur la table, un chevalet de velours supportait
un dessin qui acheva de me troubler la vue, car il repré-
sentait mon jardin quelque onze ans plus tôt. Je ne pus
m'empêcher de dire, comme si, depuis lors, ma vie
n'avait été qu'un long tissu d'épreuves :

— Ah! oui... C'était le bon temps!

L'oncle Jean, très vivement, fit volte-face et s'en
fut regarder le ciel par la fenêtre.

— Tu vas sans doute retourner là-bas? me dit-il
après une minute de silence. Je sais que tu es reçu, et
je t'en félicite.

— Vous savez?... balbutiai-je. Comment l'avez-vous
appris?

— Par ta cousine, je crois. Cette petite est une
gazette ambulante et me raconte tout ce qui se passe à

Paris; tout ce qui se passe de bon, bien entendu. Car moi, je ne sors plus guère. Les jambes...

Il acheva ce qu'il voulait dire par une grimace que je lui avais toujours connue, quand il voulait éviter un jugement sévère sur les personnes ou sur les choses.

— Ma cousine sort beaucoup? demandai-je.

Si j'avais exprimé toute ma pensée j'aurais dit :

— Elle ferait mieux de peindre moins, et de tenir compagnie à son vieux grand-père.

L'oncle répondit sans avoir l'air d'en vouloir le moins du monde à cette coureuse :

— Dieu merci! nous avons toujours Lisbeth qui est une duègne irréprochable. Pauvre Rosie! elle sera désolée d'avoir manqué son cousin!

— Mais je lui donnerai bientôt l'occasion de se consoler, dis-je poliment. Je reviendrai.

— Pas avant les vacances? Tu vas partir?

— Demain matin.

L'oncle eut un sourire imperceptible dans lequel je lus tout un chapitre de philosophie.

Décidément la conversation manquait d'entrain. Je réfléchissais, à part moi, qu'il est très difficile de trouver quelque chose à dire aux gens qu'on rencontre une fois par an, tandis qu'une heure semble courte à l'intimité de chaque jour. Mon oncle réfléchissait aussi. Tout

14

à coup il tourna vers moi un de ces regards subitement
attendris, chauds à recevoir, que je lui connaissais
depuis l'enfance de Rosie :

— Écoute, fit-il, tu leur diras que je les aime de
tout mon cœur, et ces mots-là, tu as pu le constater,
ne reviennent pas souvent dans ma bouche. Voilà ma
commission pour les vivants, qui ne sont que deux : ton
père et ta mère. Quant aux morts, qui sont beaucoup
plus nombreux, tu leur diras — son regard avait changé
d'expression — tu leur diras que je leur pardonne. De
cette façon, il n'y aura aucun moment de gêne lorsque
nous nous retrouverons encore une fois tous ensemble,
ce qui ne peut pas tarder beaucoup.

Sa belle figure se réveilla sous une expression moqueuse de défi jeté à Celle qui devait — bientôt, en effet,
selon toute apparence — le réunir aux *ancêtres*. Il eut
cette plaisanterie de vieux soldat :

— L'entrevue sera déjà bien assez *froide*.

Ces paroles me remirent dans l'esprit mainte question que je n'avais pas osé faire dix ou douze ans plus
tôt, que je n'avais pas songé à faire depuis, distrait que
j'étais par des sujets plus modernes. Je demandai au
vieillard, retrouvant, sans l'avoir cherchée, la façon de
lui parler que j'avais dans mon enfance :

— Oncle Jean, votre vie ne m'est pas plus connue

que si vous étiez pour moi un étranger. Ne vous semble-
t-il pas que je dois en savoir quelque chose, car enfin...
je vous...

Je m'arrêtai pour ne pas dire : « je vous aime plus
que je n'en ai l'air », craignant de fournir à mon oncle
une de ces reparties pénétrantes qu'il manquait rarement.

Il se contenta de me répondre :

— Te voilà devenu bien curieux, tout à coup !

En me parlant ainsi, le baron s'efforçait d'exprimer
l'ironie. Mais je vis bien que ma question, quoiqu'il en
eût, lui causait du plaisir.

— Après tout, dit-il, c'est ton droit. La vie de chacun de nous, bonne ou mauvaise, utile ou perdue, appar-
tient à notre lignée, et c'est à tes mains qu'est confié
désormais l'avenir du vieux nom. Je souhaite, mon cher,
qu'il te porte plus de bonheur qu'il n'en a porté à moi
ainsi qu'à ma descendance.

Son visage, très triste un instant, devint très grave.
A mon grand étonnement, le vieillard s'inclina devant
moi avec une sorte de respect.

— Futur marquis de Vaudelnay, dit-il, voici la
confession d'un des vôtres qui fut jugé sévèrement par
ses proches. Vous serez peut-être plus indulgent que
ne furent les générations précédentes.

L'oncle se raillait-il de moi? Je me le suis demandé
et me le demande encore. Ce qu'il y a de certain c'est
que j'envoyais à cette heure ma curiosité à tous les
diables, prévoyant plus d'une comparaison embarrassante pour moi dans la confession qu'on m'annonçait.
La voici quelque peu résumée; et cependant le baron
n'était pas homme à s'étendre inutilement sur sa propre
histoire.

X

La Révolution, en frappant à notre porte, avait trouvé le château peuplé des mêmes habitants que j'y avais trouvés moi-même, quelque cinquante ans plus tard. Je parle des *ancêtres*, cela va sans dire; mon père ne vint au monde qu'au commencement du siècle. Balthazar de Vaudelnay, le dernier marquis de l'ancien régime, venait de mourir juste à temps pour que mon grand-

père profitât, l'un des derniers parmi la noblesse française, de l'institution prête à périr du droit d'aînesse.
Il avait reçu en héritage le château, les terres, toute la
fortune, et, bien que ses vingt-cinq ans ne fissent que
de sonner, il entra dans son rôle de chef de famille,
aussi sérieux, aussi respecté, aussi bien obéi de son
frère et de ses deux sœurs que s'il eût été un vieillard
blanchi par l'âge.

La difficulté de l'expatriation pour deux jeunes filles,
ma tante Frédérique et ma tante Alexandrine — peut-
être aussi une sage prévoyance de l'avenir — l'empêcha
de prendre part à l'émigration, et la tempête passa sur
ces trois aristocrates sans balayer leurs têtes là où elle
en avait roulé tant d'autres non moins jeunes. Toutefois, pour sauver, en cas de malheur, le dernier bour-
geon de la vieille tige, mon grand-père avait confié
mon oncle Jean à l'un de ses voisins prêt à partir pour
l'Angleterre. Le jeune émigré de douze ans ne devait
revoir le sol natal que trente-cinq ans plus tard, c'est-
à-dire à la fin du règne de Charles X.

Je laisse volontairement de côté toute la première
partie de son histoire, non pas la moins intéressante,
mais la moins directement liée à la suite de ce récit.
D'abord étudiant en Angleterre, puis l'un des plus jeunes
officiers de l'armée entretenue par la puissante Com-

pagnie des Indes, Jean de Vaudelnay, dont l'humeur
était aussi indomptable que sa bravoure était brillante,
quitta vers la vingtième année, par suite de désaccord
avec ses chefs, une position qui pouvait le conduire à la
fortune. Devenu libre, il regagna la France... par le
chemin des écoliers. Cette route accidentée le conduisit
en Italie qu'il comptait traverser lentement. Mais il
comptait sans le destin, qui allait choisir cette contrée
pour décider de l'existence du jeune voyageur.

Épris d'abord d'une soudaine passion pour la peinture qui se révélait à lui comme un monde encore
ignoré, le jeune homme s'attarda longuement dans les
galeries les plus célèbres et les meilleurs ateliers. L'un
de ceux-ci, rendez-vous des étrangers de distinction qui
passaient à Florence, l'éblouit par un chef-d'œuvre
auprès duquel pâlirent les toiles des grands maîtres, car
ce chef-d'œuvre était vivant. Laura Scarpi, la rose de la
Toscane, ainsi que Florence tout entière l'appelait, con-
quit, par son premier regard, le cœur de mon oncle.
Elle était la fille d'un peintre plus riche de gloire que
d'argent. Quant à sa mère... l'oncle Jean ne m'en a pas
dit un seul mot.

Dieu sait quel mystère demeure à jamais caché sous
ce silence. Il est assez probable que la loyauté du baron
de Vaudelnay, devenu le fiancé de Laura Scarpi, dut se

montrer moins réservée à l'égard du chef alors vivant
de notre famille. Une chose, du moins, est certaine :
le voyageur fut informé que les portes de la maison
paternelle ne pouvaient se rouvrir que pour lui seul. Ce
n'était pas le moyen de changer la résolution d'un
homme de sa trempe. Il me le disait lui-même :

— Je serais plutôt rentré à Vaudelnay sans ma tête,
que sans la femme à qui j'avais donné ma foi et ma
parole.

Le mariage eut lieu, mariage suivi, selon le récit
laconique de mon oncle, « de vingt ans d'exil, de pauvreté et de bonheur ». Il ne m'en raconta pas davantage
sur cette période de sa vie, et je me souviens que cette
froide réserve fut pour ma curiosité de jeune homme un
étonnement, aussi bien qu'une déception. Je n'avais pas
encore compris qu'il est des bonheurs que l'on savoure
à genoux, silencieusement, tant qu'ils durent, que l'on
enferme plus mystérieusement encore dans son cœur
quand ils ne sont plus ...

Ces vingt ans d'azur et de paix finirent brusquement
dans la nuit sombre de l'orage. La mort prit à mon
oncle celle qui était la plus grande part de sa vie; mais,
sur la tombe à peine fermée, une rose éblouissante fleu-
rissait. Laura Scarpi laissait une fille de dix-huit ans,
celle qui devait être la mère de Rosie.

LE DUEL

15

Pauvre oncle Jean! Quand il était obligé de parler de son bonheur perdu, les mots ne sortaient qu'avec effort de ses dents serrées. Et quand il arrivait à des souvenirs douloureux, c'était encore pis, si bien qu'il fallait toujours deviner des choses qu'il ne disait pas.

Il me laissa donc deviner plutôt qu'il ne m'apprit l'autre catastrophe de sa vie. Un jeune Anglais, cadet d'une grande famille, vint à Florence et fut frappé de ce même coup de foudre qui avait décidé de l'existence du baron de Vaudelnay. Celui-ci n'avait jamais été d'humeur facile, mais le malheur avait encore aigri son caractère indomptable. Froissé de certaines assiduités qu'il jugea compromettantes, dévoré, à l'égard de sa fille, de cette jalousie maladive dont les pères qui ont beaucoup aimé offrent parfois l'exemple; croyant, pour tout dire, à une vulgaire tentative de séduction, le bouillant Français fit un éclat. Sir George Melvil ne sut pas ou ne voulut pas s'expliquer; d'ailleurs, à cette époque, la haine entre les deux nations atteignait son apogée. Une querelle s'éleva; une rencontre eut lieu, dont le souvenir resta imprimé à tout jamais dans la boîte osseuse de mon oncle.

Enfin je venais d'apprendre pourquoi il s'était battu avec « le monsieur ».

— Il faut être juste, ajouta le narrateur : je m'étais

vraiment battu un peu trop vite avec cet étourdi de
George. Quand je me réveillai dans mon lit d'un cau-
chemar assez long, il m'eût été difficile de dire lequel
était le plus désolé et le plus inquiet sur mon compte,
de ce diable de garçon ou de ma pauvre fille.

Il était écrit que les Vaudelnay de cette génération
devaient tous mourir octogénaires. L'oncle Jean se
guérit contre tout espoir et, comme sa blessure l'avait
rendu plus patient, il voulut bien prêter l'oreille à des
explications qui, dès le premier mot, le satisfirent.
L'amour avait pu faire perdre la raison à sir George,
mais ce jeune homme n'avait jamais perdu le respect.
Les regards avaient été « ses seuls truchements »;
l'objet de sa passion soupçonnait à peine l'étendue du
mal causé par ses beaux yeux.

L'oncle Jean reprit confiance et crut, voyant sa fille
si calme, qu'il en serait quitte pour une gouttière dans
la voûte de son crâne. Il comptait sans les surprises
perfides de l'amour.

Ma jeune parente s'éprit à son tour d'une ardente
affection pour l'homme qui l'avait condamnée au rôle
de garde-malade et avait failli la rendre orpheline.
Quand le blessé fut délivré des médecins, ce fut pour
entendre une autre antienne. Cette fois George Melvil
avait parlé !...

Donner sa fille à un Anglais, à un protestant, à un cadet sans fortune! Le pauvre baron serait mort plutôt, car, en dépit de l'opinion défavorable que les siens avaient de ses principes, il était resté, de cœur et d'esprit, aussi Vaudelnay qu'un Vaudelnay peut l'être. Sir George essuya le plus énergique refus. La nouvelle Chimène se jeta aux pieds de son père en les arrosant de ses larmes; mais il faut croire que mon oncle n'admettait pas les dénouements à la façon de Corneille.

— Entre moi et cet étranger tu dois choisir, dit-il à sa fille. Si tu te décides pour lui, je te jure que tu n'entendras plus parler de moi jusqu'à ma mort.

Ma belle parente avait du sang des Vaudelnay renforcé par du sang de Florentine. Elle se prononça pour l'étranger. Peut-être croyait-elle que le serment de son père ne tiendrait pas devant sa tendresse. Pauvre infortunée! Il fallait qu'elle connût bien peu celui dont elle était la fille! Jamais, hélas! serment inhumain ne fut mieux tenu...

Les nouveaux époux partirent pour l'Angleterre, et l'oncle Jean, seul au monde désormais, vint frapper à la porte de Vaudelnay, que rien ne tenait plus fermée, à cette heure, devant cet enfant prodigue de cinquante ans. Bien qu'il se soit montré, le pauvre vieillard, aussi discret sur ce point que sur les autres, j'ai pu com-

prendre, néanmoins, que ni son frère ni ses sœurs
n'ont arraché aux pâturages de Vaudelnay le moindre
veau gras pour fêter son retour. On l'accepta et l'on
voulut bien ne pas ouvrir la bouche sur ses erreurs
passées, mais rien de plus.

D'ailleurs, à partir de ce chapitre de l'histoire, mes
propres souvenirs étaient encore vivants. Je revoyais
l'oncle Jean silencieux, renfermé en lui-même, presque
isolé au milieu des siens. Il était évident que l'orgueil
austère de notre famille ne lui avait jamais pardonné
deux crimes : sa propre mésalliance et l'union de sa fille
avec un Anglais hérétique, bien que, de bonne foi, ce
dernier malheur ne fût guère imputable à son penchant
personnel.

Mais il était réservé à d'autres chagrins. Tout d'abord
il eut la douleur d'apprendre que sir George Melvil
n'avait pas été beaucoup mieux accueilli en Angleterre
que lui-même ne l'avait été en France. A son gendre on
reprochait d'avoir épousé une étrangère sans fortune,
catholique, fille d'une mère sans naissance. De plus, ce
mariage faisait évanouir les rêves brillants d'une union
plus avantageuse, caressée depuis longtemps pour son
fils par lord Melvil, le grand-père maternel de Rosie.

Le jeune couple vécut donc à l'écart, aussi pauvre
mais non moins béni par l'amour que l'avait été l'oncle

Jean dans sa petite maison de Florence. Puis encore
une fois la mort fit son œuvre maudite; du moins elle
ne sépara point ceux qui s'aimaient : sir George et sa
femme encore jeune se suivirent dans la tombe, à quelques semaines de distance, laissant la petite Rosamonde
âgée de six ou sept ans, sans autre appui que son aïeul
maternel. Que pouvait le vieillard, sinon de pardonner
à sa fille mourante et de venir frapper avec l'enfant à
la porte du manoir de famille?

— C'est ce que tu m'as vu faire, dit mon oncle en
achevant son récit. Tu étais là; tu as été le témoin de
la scène... Au propre comme au figuré, l'on peut dire
que tu as ouvert à ta cousine les portes de Vaudelnay.

— Qui ne se sont jamais refermées, ajoutai-je avec
un mouvement d'affection très sincère. Oncle Jean!
pourquoi ne viendriez-vous pas chez nous pour y passer
les vacances avec Rosie? Mes parents seraient si heureux! Ma cousine aussi, j'en suis sûr.

Un éclair brilla dans les yeux du baron, tellement
que je m'attendais à le voir accepter séance tenante.
Puis subitement, — sur ce beau visage loyal de vieux
gentilhomme on lisait comme sur celui d'un enfant, —
une expression d'embarras, presque de crainte, vint
succéder à la joie. L'oncle Jean baissa les yeux. Dieu
me pardonne! on aurait pensé que je l'intimidais. Je

crus avoir deviné ce qui amenait sur son front cet air
déconfit, et comme, j'étais encore tout vibrant de l'enthousiasme causé par le récit romanesque à peine
achevé, je fis appel à toute ma diplomatie et je dis d'un
ton plaisant :

— Tenez, mon oncle, je vois où le bât vous blesse.
Gageons que vous avez fait quelques folies de jeune
homme et que vous êtes — j'ai l'expérience de cette
complication désagréable — en avance sur votre pen-
sion. Pourquoi ne renverserions-nous pas, dans l'occasion, le vieil ordre des choses? Assez longtemps l'on a
vu les oncles prêter quelques louis à leurs neveux
pris de court par leurs fredaines. Pourquoi ne serait-ce
pas le tour des neveux?

— Tu es un brave garçon! interrompit mon oncle
en me tendant la main. Parole d'honneur! j'accepterais
ce que tu m'offres s'il en était besoin, ne fût-ce que
pour édifier les neveux de l'avenir en leur montrant que
les oncles rendent ce qu'ils empruntent. Mais la question d'argent n'est pas ce qui m'arrête. Une ou deux
affaires impossibles à remettre me retiennent ici jusqu'à nouvel ordre...

— Qu'à cela ne tienne. Quand vos affaires seront
finies, mettez-vous en route. En arrivant à Vaudelnay,
je vais faire mon rapport à mes parents et, bon gré

mal gré, ils vous obligeront à nous rendre visite. Nous viendrons plutôt tous trois vous chercher?

— Bon! fit mon oncle. Nous verrons; je ne dis pas non. En attendant, charge-toi pour les tiens de toutes nos tendresses.

L'heure était venue de prendre congé, chose d'autant plus facile qu'on ne faisait rien pour me retenir. Mon oncle, évidemment, ne tenait pas à me voir rencontrer ma cousine. Il m'accompagna jusqu'à l'escalier, à travers un véritable dédale de fleurs, de plantes vertes et d'oiseaux.

— Si j'en juge par ce que j'aperçois, remarquai-je, ma cousine est restée campagnarde.

L'oncle Jean leva les yeux au ciel avec un désespoir comique.

— Tu ne vois rien! gémit-il. Rosie nourrit des poissons rouges dans sa chambre, et, dans un coin du grenier, Lisbeth, à ses heures perdues, soigne l'éducation d'une famille de lapins blancs. En voilà qui doivent s'amuser dans la rue d'Assas!

— Des lapins de la race de Vaudelnay, peut-être? demandai-je en songeant à l'admiration de Rosie pour mes élèves de jadis.

— C'est bien possible, fit mon oncle d'un air volontairement distrait.

16

Nous nous quittâmes en nous disant : A bientôt !
locution parallèle à cette autre : *Votre couvert est tou-*
jours mis. La phrase est courte, harmonieuse et n'en-
gage à rien.

J'arrivai le surlendemain soir à Vaudelnay, moulu
par les fatigues d'un voyage interminable, car j'avais
tenu à ne pas quitter *Annibal* que le chemin de fer
énervait beaucoup, et que je désirais offrir intact à l'admiration des Poitevins en général et de mon père en
particulier.

XI

Le château était rempli de monde.

— Nous n'avons pas voulu que tu t'ennuies dans ta
famille, me dit mon père, tout en m'accompagnant
dans ma chambre où j'allai rapidement passer un habit,
car on n'attendait plus que moi pour se mettre à table.

J'entendis alors l'énumération détaillée de nos hôtes,
énumération faite avec un intérêt, un plaisir, une anima-

tion remarquables. Je soupçonnai — ceci entre nous —
qu'en faisant provision de tous ces remèdes fort agréables contre mon ennui, mon excellent père avait
songé aussi un peu à lui-même.

Une heure après, mes soupçons étaient loin d'avoir
diminué, et Dieu sait si je condamnais ce besoin de
distractions dans l'âge mûr, chez un homme dont la
première et la seconde jeunesse avaient été moins
que dissipées, j'avais pu le voir de mes yeux.

Ah! comme il était changé, mon cher Vaudelnay,
depuis que les *ancêtres* avaient émigré pour toujours
sous les dalles armoriées de la chapelle!

De tous les êtres vivants que j'y avais connus, quatre
seulement s'y trouvaient encore : mon père, ma mère,
moi et le jardinier devenu un personnage important,
vêtu comme un monsieur, commandant une escouade
nombreuse de fleuristes, de légumistes et de ma-
nœuvres. Le « clos » d'autrefois n'existait plus. Il était
changé en un vaste parc ondulé de monticules, creusé
de pièces d'eau, coupé de plantations savantes, derrière
lesquelles se dissimulait le potager; de même qu'un
beau-père bourgeois se cache dans le coin du salon de
sa fille devenue duchesse. Des serres grandioses, des
écuries modèles étaient sorties de terre. Des domestiques corrects et distingués fourmillaient silencieu-

sement dans les corridors. Si l'on avait parlé de prière
en commun à cette valetaille perfectionnée, je gage que
nous aurions été « empoignés » de la belle sorte dans
le *Siècle* du surlendemain.

Quant aux invités, c'était la crème de la province,
de la crème battue chaque année par un séjour à Paris.
Les gens arriérés et ennuyeux, les gentillâtres de l'ancienne école, les châtelaines à robes de bure et à trous-
seaux de clefs n'étaient point de cette première série,
non plus que les jeunes filles à marier; car, d'après les
idées de mon père, je n'étais point de ces victimes qui
doivent marcher à l'autel encore blanchissantes sous le
duvet de leur première toison.

A défaut de jeunes filles, les jeunes femmes ne man-
quaient pas chez nous. En arrivant au salon éblouissant
de lumières, j'eus le plaisir d'en compter jusqu'à trois
remarquablement jolies, et nous n'étions pas au dessert
que l'une d'elles, sans parler des deux autres, me témoignait, à n'en pouvoir douter, qu'elle me faisait l'honneur de me prendre au sérieux. Dans le cours de la
soirée, dont quelques tours de valse combattirent victo-
rieusement la monotonie, la deuxième et la troisième de
ces dames voulurent bien me témoigner successivement
des dispositions non moins rassurantes.

Être pris au sérieux! Douceur à nulle autre pareille

pour un éphèbe de vingt-trois ans, habitué aux procédés gracieux mais défiants des mondaines de Paris, pour qui la valeur semble ne pouvoir aller sans le nombre des campagnes.

Ah! la bonne soirée, passée entre le sourire de ma mère tout heureuse de me revoir, et d'autres sourires... moins maternels! Pour la première fois la vie, l'espérance, la jeunesse, me disaient clairement toute sorte de choses agréables que leurs voix confuses m'avaient seulement chuchotées à l'oreilles jusque-là.

— Heureux mortel! tu as devant toi de longues années d'avenir. Tu es riche, ton entretien plaît aux femmes; ta tournure ne les fait pas fuir; ton nom peut contenter les plus difficiles. Enfin, pourquoi faire le modeste? tu es joli garçon. Va, tu es né sous une heureuse étoile; ton père est fier de toi; le sourire de ta mère te caresse; tu peux prétendre à tout!

Je crois en vérité que, sans sortir de Vaudelnay, j'aurais pu prétendre, sinon à tout, du moins à de sérieux progrès dans les bonnes grâces d'une ou deux des charmantes personnes qui s'y trouvaient. Mais, sans avoir l'air d'y toucher, ma mère veillait au grain, et si, parfois, ce genre de récréation qu'on nomme aujourd'hui le flirt semblait prendre des proportions inquiétantes, deux grands yeux, encore aussi beaux qu'ils

étaient honnêtes, rappelaient les étourdis à la raison
avant que l'ombre d'une inconséquence fût commise.

Et l'oncle Jean? Et la cousine Rosie? va-t-on dire.
Et l'invitation annoncée?

J'en jure par le Styx, rien de tout cela n'était sorti
de ma mémoire. Le lendemain de mon arrivée à Vaudelnay, après une visite matinale au box d'*Annibal*,
où tout allait bien, Dieu merci! je m'enfonçai seul dans
le parc et réfléchis sérieusement sur le meilleur parti
à prendre. A n'en pouvoir douter, je savais que mes
parents, sur un signe de moi, dépêcheraient au besoin
trois ambassadeurs vers les habitants de la rue d'Assas
pour les ramener triomphalement en Poitou. Ce signe,
était-il prudent de le faire? Du côté de mon oncle,
rien qui pût embarrasser. S'il faut parler en toute franchise, il était passablement morose, pour ne pas dire
misanthrope. Mais, à son âge, de pareils défauts s'ex-
cusent; d'ailleurs il les rachetait par son esprit du
siècle passé, toujours fin et mordant, remarquable de
charme dans les bons jours. En somme il n'était pas
un château de France et de Navarre où un tel hôte ne
se trouvât fort à sa place.

Malheureusement, je me sentais moins à l'aise en ce
qui concernait Rosie. Je ne l'avais pas vue depuis longtemps, et je me souvenais d'elle comme d'une personne

grande pour son âge, assez maigre, avec quelque chose
de *désuni* dans la tournure et la démarche, pour parler ce langage hippique volontiers employé par mes
amis d'alors, quand ils peignaient les avantages et les
imperfections des échantillons de l'espèce humaine.
Jolie, mon impression n'était pas qu'elle le fût; à
vrai dire, je ne m'étais jamais demandé si elle l'était ou
non. Mais, pendant plusieurs années de ma vie, j'avais
entendu des voix sévères dire à ma pauvre cousine,
pour peu qu'elle eût le malheur de se regarder du coin
de l'œil en passant devant une glace :

— Quel plaisir une petite fille peut-elle avoir à se
mirer quand elle est aussi laide?

J'ignore si ces affirmations répétées avaient fini par
convaincre l'intéressée elle-même de sa laideur. Quant
à moi, la chose ne faisait plus un doute : laide elle était
venue au monde; laide elle vivrait; laide elle devait
mourir. D'ailleurs j'étais habitué au luxe, à l'élégance
du grand monde où j'étais entré du premier coup, avec
l'avidité du poisson remis à l'eau qui gagne le fond en
quelques battements de nageoires. D'après mon goût
d'alors, une femme ne pouvait être jolie si elle était
mise pauvrement, et, pour de trop bonnes raisons, la
toilette de Rosie ne devait pas ressembler à celle de
mes fringantes amies.

Enfin le souvenir qu'elle m'avait laissé était celui
d'une personne concentrée, taciturne, très timide ou
très fière, les deux probablement. Quelle figure ferait
la pauvre enfant au milieu des femmes jeunes ou habi-
lement conservées, qui remplissaient Vaudelnay de leurs
éclats de rire, de leurs mots drôles ou du frou-frou de
leurs robes? N'était-ce pas lui rendre un mauvais service que de l'exposer aux avanies presque inévitables
d'un contact peu fait pour la mettre en relief? La réponse à cette question ne me semblait pas comporter
d'incertitude, d'autant plus qu'au train dont marchaient
les choses, je n'entrevoyais guère pour moi la possibilité
de m'occuper de ma jeune parente : tout mon temps
était déjà tellement pris!

Le pour et le contre bien considérés, il me parut
prudent de laisser l'oncle Jean et sa petite-fille dans
leur quatrième étage de la rue d'Assas, jusqu'à l'époque,
plus ou moins prochaine, où nous serions rentrés dans
le calme à Vaudelnay. De cette façon nous jouirions
mieux de leur présence, et, pour eux-mêmes, les
agréments de la villégiature ne pourraient qu'être
augmentés : c'était profit pour tout le monde.

Malheureusement, la première série d'invités partie,
nous ne fûmes pas longtemps sans voir arriver la
seconde, celle des chasseurs.

17

Mon père disait à qui voulait l'entendre :

— Je veux que mon fils s'amuse à Vaudelnay, pour lui ôter toute envie de nous quitter et de s'amuser ailleurs.

Mais je voyais de plus en plus que mon père, secrètement attristé par les progrès d'une maladie lente qui l'emporta, mettait sur mon compte le besoin de distractions qu'il éprouvait pour lui-même. Quant à ma mère, elle n'avait d'autres désirs que ceux de son mari. Bref, pour une raison ou pour une autre, les longues vacances de l'École de droit passèrent comme un rêve.

Quelques visites de voisinage à rendre à des parents ou à des amis, tous gens fort gais, achevèrent d'employer mon temps. Ce n'était plus la peine de déranger, cette année, la branche cadette. Enfin — le lecteur l'a déjà deviné — quand l'aurore du 14 novembre vint à luire, l'oncle Jean et sa petite-fille étaient toujours chez eux ; ou du moins, s'ils n'y étaient plus, je n'étais pour rien dans leur déplacement.

Je devais quitter mes parents le soir après dîner pour aller prendre l'express. Dans l'après-midi, mon père me pria de passer dans son cabinet et me tint à peu près ce discours :

— Mon cher ami, tu vas retourner là-bas. Entre nous, je n'attache pas une importance exagérée à te voir

devenir de première force sur le Code. Mais j'attends de
toi que tu deviennes un homme du monde accompli, et
je conviens volontiers que tu es en bonne voie. Tu me
rendras cette justice que je te laisse toute liberté, moi
qui n'ai jamais su ce que c'est que d'être jeune et libre.

Il s'arrêta quelques instants et poussa un soupir
dans lequel je devinai le regret douloureux de la jeunesse disparue. J'aurais voulu pouvoir consoler ce
pauvre père que je revoyais encore, plus jeune de quinze
ans, occupant silencieusement sa place au bout de la
table présidée par les *ancêtres*. Mais que pouvais-je lui
dire?... Bientôt il reprit :

— N'oublie jamais que tu t'appelles Vaudelnay. Il
y a en France des centaines de noms plus illustres, un
nombre assez petit de plus anciens, pas un seul plus
intact. Dans deux ou trois ans, s'il plaît à Dieu, tu
seras l'un des meilleurs partis de la bonne société. Ne
gâche pas tous les avantages réunis en toi d'une façon
rare. Tâche de ne pas faire de folies ; du moins n'en
fais pas de malpropres. Pour cela fréquente beaucoup
le monde et seulement le meilleur, bien que j'entende
dire qu'il se gâte terriblement. Tu viendras nous faire
une visite en hiver, n'est-ce pas ?

Je partis, sans *Annibal* cette fois, un de mes amis de
province m'ayant acheté le cheval un bon prix pour la

saison des chasses. Quelle joie de retrouver mon coquet
appartement, de revoir le cher boulevard! En allant
prendre mon inscription le jour même de mon arrivée,
je songeai que l'École est assez près de la rue d'Assas.
L'occasion eût été bonne pour faire une visite à Rosie.
Mais des camarades rencontrés au secrétariat de l'École
m'entraînèrent, et je regagnai la rive droite sans avoir
accompli ce pieux devoir de famille.

XII

Les salons de ma connaissance étaient encore
fermés, à part un ou deux. Néanmoins je n'eus pas le
temps de m'ennuyer, même pendant les premiers jours.
Je déposai quelques cartes, j'eus plusieurs entretiens
sérieux avec mon tailleur, je réglai quelques notes
arriérées. Ensuite il fallut trouver des chevaux, deux
pour le phaéton, un pour la selle, puis me mettre d'ac-

cord avec le carrossier, faire choix d'une écurie plus
grande, m'assurer le concours d'un spécialiste anglais
— qu'auront pensé les mânes des *ancêtres!* — pour
lui confier mon attelage.

Ces diverses démarches terminées, j'étais sur le
point de connaître l'ennui, quand le hasard mit sous
mes pas une distraction, et des plus charmantes.

Elle n'était pas du grand monde, à vrai dire, mais
la haute bourgeoisie, moins connue alors qu'aujour-
d'hui des jeunes seigneurs arbitres de l'élégance, avait
pour moi les attraits d'une région fertile et inex-
plorée.

Jeune, riche, très jolie, cachant sous l'extérieur le
plus correct un goût secret pour les aventures, madame X*** sembla, dès notre première rencontre, atta-
cher quelque prix à mes attentions. Dédaignant la fausse
modestie, je dirai même que mes progrès dans sa faveur
furent rapides. Je n'étais pas allé six fois chez elle (son
mari était toujours absent, mais, Seigneur, quelle nuée
de domestiques et de gouvernantes!) qu'elle me demanda
si j'étais connaisseur en peinture. Avec la candeur d'un
jeune homme sans expérience, je confessai que cet art
m'était totalement étranger.

— Quel dommage! fit-elle avec un sourire qui me
rendit peintre subitement. Je vous aurais demandé

de vouloir bien être mon guide, un de ces jours, dans une promenade aux galeries du Louvre.

Aujourd'hui, le Louvre est terriblement démodé, en tant que lieu de rencontre pour des gens qui désirent sortir de chez eux, afin de causer de leurs petites affaires. Mais alors on pouvait aller flirter devant les Greuze sans être ridicule. Notre promenade artistique s'effectua dès le lendemain, et nous n'avions pas fait cinquante pas dans le Salon Carré que j'étais revenu de ma crainte d'étaler une ignorance honteuse.

D'ailleurs je n'eus pas l'occasion de découvrir si ma compagne était plus savante que moi, car elle ne fit aucun effort pour ramener vers la peinture un entretien qui, dès la première minute, avait pris une direction toute différente. C'était la première fois qu'il m'arrivait de *faire la cour* à une femme selon toute l'étendue et toute la signification — future et présente — que comporte le mot; non que je fusse moins éloquent qu'un autre, mais, jusqu'alors, on ne m'avait jamais donné le temps de déployer mon éloquence. J'observai dans cette occasion, comme dans d'autres du même genre, que les paroles, en pareil cas, importent infiniment moins que la musique. Bref, tout marchait au mieux pour une première répétition. Nous allions lentement à travers les salles presque désertes, causant d'assez

près pour pouvoir parler à voix basse, lorsque je fus
ramené sur la terre, des cieux où je planais, par cette
exclamation soudaine en langue étrangère qui vint me
frapper à brûle-pourpoint :

— Oh! master Gastie !

Je tressaillis comme si le roi Charles IX s'était
dressé devant moi avec sa problématique arquebuse,
et je reconnus Lisbeth. Je crois, Dieu me pardonne,
qu'elle était occupée au même tricot qui l'absorbait
jadis, à Vaudelnay, tandis qu'elle surveillait les essais
d'horticulture tentés de concert avec ma cousine. In-
stinctivement je cherchai celle-ci des yeux, et la trouvai
sans peine assise à un chevalet qui portait la copie naissante d'une Vierge quelconque. J'avais complètement
oublié, je l'avoue, que Rosie était une habituée du
Louvre. S'il faut tout dire, j'avais bien quelque peu
oublié Rosie elle-même.

Personne ne voudrait croire que la rencontre fût
prodigieusement agréable pour aucun de nous, si ce
n'est pour Lisbeth qui exultait. Rosie paraissait fort
contrariée. Sans doute qu'elle éprouvait peu de plaisir
à être surprise, dans son costume de travail moins
qu'élégant, par un cousin et une inconnue qui étaient
l'élégance même. Quant à moi, qui m'estimais responsable de la vie et de l'honneur de madame X***, j'aurais

AU MUSÉE DU LOUVRE.

18

voulu être à cent lieues. On devine que ma compagne n'était guère plus à l'aise. Nous nous regardions sans parler, et la situation commençait à toucher au ridicule, lorsque ma cousine, avec un tact remarquable, me tendit la main comme si ma présence, dans cet endroit, eût été la chose la plus naturelle du monde.

— Vous voilà de retour? me dit-elle d'une voix richement timbrée, bien qu'agitée d'un tremblement imperceptible. Mon oncle et ma tante vont bien?

Je répondis sur le même ton et m'étendis en éloges sur la peinture de Rosie, sans quitter le bras de celle qui conservera, si l'on veut bien le permettre, le nom peu compromettant de madame X***.

— Quand vous trouve-t-on chez vous? demandai-je pour couper court à une conversation qui, malgré tout, manquait de charme.

— Tous les jours après cinq heures.

— J'irai bientôt vous voir. Mon oncle se porte bien?

— Très bien, merci! Au revoir, mon cousin!

— Au revoir, ma cousine!

J'entraînai doucement ma compagne loin des lieux témoins de cette rencontre funeste. Je pleurais déjà sur les ruines de mon bonheur. Cinq minutes plus tôt madame X*** me jurait qu'elle commettait, pour la première fois, une « imprudence » de ce genre, qu'à

aucun homme avant moi elle n'avait dit une parole que
son mari ne pût entendre. Aussi je m'attendais à une
scène terrible de reproches, peut-être même à une
rupture prématurée, bien qu'à tout prendre l'idée de
l'« imprudence » en question ne me fût guère imputable.
Mais, à ma grande surprise, ma belle amie fit preuve
d'un sang-froid que nul ne se serait attendu à trouver
chez une débutante. Elle me demanda d'un air singulier :

— Vous ne saviez donc pas que votre cousine vient
au Louvre copier Murillo ?

— D'abord c'est ma cousine si l'on veut, répondis-
je avec diplomatie. Nous devons être parents au vingtième degré. Elle est sans fortune et ne va pas dans le
monde. Ainsi n'ayez aucune crainte qu'elle vous rencontre ailleurs.

— Mais vous semblez très intimes !

Je racontai brièvement l'histoire de Rosie et notre
éducation sous le même toit, jusqu'à mon entrée au
collège.

— Et vous n'en avez jamais été amoureux ? ques-
tionna ma compagne.

Amoureux de Rosie ! moi !

L'idée par elle-même était si plaisante que j'éclatai
de rire.

— Pauvre enfant ! dis-je, quand j'eus repris mon

sérieux; je ne la vois pas rendant quelqu'un amoureux d'elle.

Madame X*** me regarda comme pour voir si je parlais sérieusement.

— Si j'avais quelque raison de tenir à l'affection d'un homme, reprit-elle sans rire, je n'aimerais pas beaucoup le voir pourvu d'une cousine faite comme la vôtre.

Ce fut à mon tour de la regarder pour être sûr qu'elle ne se moquait pas. D'ailleurs j'eus bientôt fait de calmer cette jalousie naissante, et, au bout de quelques instants, la conversation revint d'elle-même à des sujets que nous préférions l'un et l'autre. Cinq minutes après, un fiacre hélé sur le quai ramenait ma déesse dans l'Olympe conjugal. Alors, libre de mes actions, je remontai dans la salle où peignait Rosie. Enfin, j'allais pouvoir m'entretenir avec un être humain de ma nouvelle conquête.

La jeune artiste s'était remise à sa Vierge; Lisbeth avait repris son tricot. Je m'approchai avec le même air d'importance mystérieuse que devait avoir d'Artagnan quand il rapportait d'Angleterre les ferrets de la reine, et, parlant de façon que ma cousine seule pût m'entendre :

— Ma bonne Rosie, je compte sur vous pour n'ouvrir la bouche à personne de ce que vous venez de voir.

En une seconde, elle eut le temps de rougir et de
devenir pâle, tenant fixés sur moi ses yeux noirs, honnêtes et francs comme ceux de son grand-père.

— Soyez sans crainte, répondit-elle simplement.

Puis, avec un sourire un peu triste, elle ajouta :

— D'ailleurs, à qui pourrais-je en parler ? Je ne vois
personne.

— Et vous venez souvent ici ?

— Tous les jours.

— Pour peindre des copies ?

— Entre nous, je crois que mes originaux ne
feraient pas bonne figure dans ces galeries.

— Mais, grand Dieu ! m'écriai-je étourdiment, vous
devez avoir tout un musée de copies rue d'Assas. Quand
j'irai vous voir, vous me montrerez la collection.

Elle s'était remise à travailler avec le sérieux que,
dès son enfance, elle apportait dans toutes ses entre-
prises.

— Mes copies sont un peu partout, répondit-elle
avec plus de mélancolie que d'embarras. Je les vends
aux églises qui trouvent les vrais Murillo trop chers.
Vous vous doutez que mes prix sont tout à fait abor-
dables. Mais mes affaires vont bien.

« Pauvre Rosie ! pensai-je. Moi qui l'accusais
d'abandonner l'oncle Jean pour le plaisir d'aller bar-

bouiller des toiles! Ce n'est pas son plaisir qu'elle
cherche en peignant! »

Je me sentais pris, pour cette fille simple et courageuse, d'une grande estime et d'une sincère affection.
Et puis elle était ma confidente, la confidente de mon
premier secret de jeune homme. Avec le besoin que
nous avons tous de revenir au sujet qui nous tient au
cœur, je lui dis, très fier du mensonge auquel mes
devoirs de gentilhomme m'obligeaient (le parjure même
n'est plus un crime quand il s'agit de sauver l'honneur
d'une femme!) :

— Vous savez, cousine : vous auriez tort de supposer qu'il y a... entre moi et cette dame... Nous nous
sommes rencontrés dans ces galeries, elle et moi, tout
à fait par hasard. N'empêche qu'il vaut mieux vous
taire. Une femme est si vite compromise! A votre âge
on ne se rend pas compte de certains dangers.

— Oh! répondit-elle en me regardant encore une
fois, j'ai vingt ans par l'âge; mais j'en ai trente par la vie
que je mène. Je me sens tellement votre aînée, Gastie!

J'éprouvais je ne sais quel plaisir inconnu à entendre
sa voix chaude et, tout en l'écoutant, je venais seulement de remarquer un détail, c'est que, sans nous en
douter, nous employions le *vous* depuis une demi-
heure, au lieu du *tu* de notre enfance.

— Pourquoi, lui demandai-je à brûle-pourpoint,
ne nous tutoyons-nous pas ici comme à Vaudelnay?

Ma question l'avait contrariée sans doute, car elle
éloigna d'un geste brusque son pinceau de la toile. Je
crus comprendre que je l'empêchais de travailler et
qu'elle aurait déjà voulu me voir parti.

— Vous venez de dire la raison vous-même, fit-elle.
Nous ne sommes plus à Vaudelnay.

J'eus un élan d'effusion dont je me sentis tout
fier. Pourquoi n'apprécierions-nous pas les bons sentiments en nous comme nous les estimons chez les
autres?

— Qu'importe? répondis-je. Ne sommes-nous pas
de bons camarades comme autrefois? Écoute, Rosie,
n'aimerais-tu pas avoir un compagnon dévoué, sûr,
qui n'aurait rien de caché pour toi, te consulterait
même, au besoin; car je trouve, moi aussi, que tu as
l'air d'être mon aînée. Je viendrais te voir souvent. Tu
ne sais pas avec quel plaisir je te retrouve. Je t'assure
que j'ai bon cœur et que je t'aime bien.

— J'en suis convaincue, dit-elle d'un air quelque
peu distrait, tout en commençant à ranger son attirail.
Donc nous voilà redevenus bons amis. Quand tu mon-
teras chez nous, si tu désires m'y trouver, n'arrive
pas avant cinq heures. Je crains seulement d'être un

camarade assez peu amusant. Je ne connais personne
et ne sais rien de ce qui se passe.

— Comment peux-tu dire cela? fis-je en riant.
Tu es au courant de tout. L'oncle Jean savait par toi
le résultat de mes derniers examens.

— Lui dirai-je que nous nous sommes vus? demanda-t-elle sans répondre à ma phrase.

Je n'hésitai pas à convenir que le mieux était de
laisser dans l'ombre ma visite au Louvre, attendu les
circonstances délicates qui l'avaient signalée. Nous nous
quittâmes, en nous promettant de nous revoir bientôt.

XIII

J'étais le plus heureux des hommes, le plus fier aussi ; j'avais rencontré un trésor dans la personne de madame X*** ; je savourais les joies de ma première conquête sérieuse. Je ne vivais plus que pour cette femme. Je cherchais à la retrouver dans le monde, — moins aristocratique que celui de mes débuts, — où je la suivais presque chaque soir. Lorsque des devoirs

odieux la tenaient éloignée, je n'avais qu'une seule
consolation : penser à elle; un seul désir : en parler.

Ce n'était pas que des tentations charmantes ne
vinssent, presque chaque jour, mettre ma constance
à l'épreuve. On aurait dit, ma parole, que je portais
sur la partie antérieure de mon couvre-chef un écri-
teau informant le public féminin que mon cœur ne
m'appartenait plus, à voir la peine que se donnaient
de capricieuses créatures pour l'enlever à son heureuse
propriétaire. J'ose dire qu'il n'aurait tenu qu'à moi
d'être l'homme le moins fidèle du monde. Coquetteries,
regards langoureux, insinuations plus ou moins claires,
billets anonymes ou signés, tous les traits de l'arsenal
féminin pleuvaient sur moi comme sur une cible vivante. Mais j'avais juré à la reine de mon cœur de
l'adorer jusqu'à mon dernier soupir, et j'étais bien
résolu à tenir mon serment. Je recevais sans me fâcher
les œillades, les prévenances, voire même les billets;
mais je restais de marbre, et cette indifférence, comme
il arrive toujours, semblait redoubler l'audace des
agressions.

Je n'avais pu m'empêcher, tout d'abord, de parler
à quelques amis intimes de la passion qui me domi-
nait. Mais à peine commençais-je à leur vanter les
charmes de madame X*** (je serais mort, bien entendu,

avant de la nommer), que ces jeunes fous ripostaient par les louanges d'une madame Y*** quelconque et, par le diable! ils avaient l'infamie de la nommer, quelquefois.

Dans ces conditions, l'entretien prenait immédiatement les allures de ces églogues de Virgile où deux bergers s'évertuent, chacun à leur tour, à célébrer l'objet de leur flamme. Tout au contraire, je trouvais chez ma cousine un auditeur, sinon enthousiaste, du moins résigné à m'entendre et, surtout, n'ayant aucun motif personnel pour m'interrompre. Aussi, allais-je la voir assez souvent, presque toujours au Musée. Que si l'entrevue avait lieu rue d'Assas, nous trouvions un prétexte, à un moment quelconque de ma visite, pour laisser l'oncle Jean plongé dans ses livres; nous pouvions alors causer librement.

Certes, je n'avais garde d'oublier que je parlais à une jeune fille dont les oreilles devaient être respectées. Mais Rosie me l'avait avoué elle-même : au point de vue de la raison et du bon sens, elle avait trente ans.

— Pauvre amie! lui disais-je d'un air profond; tu en as dix en ce qui concerne l'amour. Tu ne sais pas ce que c'est!

Alors je commençais de véritables conférences sur ce vaste sujet dans lequel je me sentais passé maître.

Pareil à ces professeurs de minéralogie qui appuient
leurs doctrines en tirant des cailloux de leur poche, j'il-
lustrais les miennes en produisant, comme échantillon,
quelque billet reçu le matin, quand il était de nature
à passer sous les yeux de mon élève. Madame X***,
d'ailleurs, était une personne trop prudente pour abandonner le terrain d'une galanterie épistolaire qui ne
pouvait l'exposer à des risques sérieux. Je dois dire
en passant qu'elle ne se doutait pas du retour de mon
intimité avec ma cousine... Pourquoi n'être pas franc
jusqu'au bout? On avait exigé de moi la promesse de
ne jamais revoir « mademoiselle Murillo »... Et j'avais
promis !

Pour en revenir au cours d'éducation sentimentale
que je faisais subir à Rosie, je ne puis nier que l'élève
ne jetât parfois quelques gouttes d'eau sur les convic-
tions ardentes de son maître. Cette innocente paraissait
avoir déjà son système à elle sur le dévouement, l'estime, l'amitié, sur « le sentiment » en un mot. Elle se
montrait fort réservée, d'ailleurs, sur sa propre doc-
trine, mais elle criblait la mienne d'objections. J'y ré-
pondais toujours et m'arrangeais pour avoir le dernier
mot. De temps à autre, malgré tout, en redescendant
l'escalier, je me sentais moins fier de moi, moins sa-
tisfait des autres, moins assuré d'un avenir éternel de

félicité. Cette enfant sans expérience avait des profondeurs de logique, des délicatesses de pénétration
qui m'étonnaient.

Ce que je lui pardonnais le moins, c'était le peu
d'envie qu'elle témoignait pour le bonheur que je donnais à une autre, pour celui que j'en recevais. On aurait
dit que cet or était du cuivre à ses yeux.

— Va! tu n'y entends rien, m'écriai-je un jour,
impatienté; tu es faite pour le pot-au-feu.

— Et toi pour la confiture de roses, me répondit
ma cousine. Or le pot-au-feu est l'emblème de ce qui
dure; tu t'en apercevras tôt ou tard.

Depuis lors, dans nos grandes discussions, je l'appelais ironiquement « miss Pot-au-feu », à quoi elle
ripostait en me demandant des nouvelles de madame
« Confiture-de-Roses ». Plus vexé que je n'en avais
l'air, je lui dis un jour :

— Enfin, tu l'as vue; tu ne peux pas nier qu'elle
ne soit jolie?|

— Peuh! répliqua ma cousine avec une moue,
beau mérite quand on n'a pas autre chose à faire!
Donne-moi seulement sa couturière et sa modiste.
Pour le reste, je m'en charge, puisque je sais peindre.

Peu s'en fallut que je ne perdisse toute mesure à
cette odieuse insinuation. Néanmoins, quand je me trou-

vai, quelques heures plus tard, en face de madame X***,
je ne pus m'empêcher de l'examiner... autrement que
je n'avais fait jusqu'alors. Et j'en voulus beaucoup à
Rosie d'avoir eu de trop bons yeux. De quoi se mêlait
cette petite fille ?

Hélas ! vers la fin de l'hiver, je découvris quelque
chose de plus grave, dont je faillis mourir de douleur.
Madame X*** était une méprisable coquette, pour ne
rien dire de plus, et se moquait de moi comme du
dernier des imbéciles...

Pendant deux jours la honte m'empêcha d'aller conter ma peine à Rosie. Le troisième je ne pus y tenir,
tant je me sentais malheureux, et j'étalai mes blessures
aux yeux de ma confidente. Il va sans dire que je mis
tout le dommage sur le compte de l'amitié déçue.

— Pauvre ami ! dit-elle. Je te plains de tout mon
cœur.

Sa bouche prononçait des paroles de compassion,
mais son visage, brillant d'une sorte de rayonnement,
chantait une autre antienne. Sans doute elle éprouvait
cette volupté si chère à toutes les femmes de pouvoir
dire :

— Je l'avais bien prévu !

Elle ne le dit pas toutefois, et sagement elle fit, car
je crois que je l'aurais battue.

— Ah! Rosie, m'écriai-je. Que va-t-il arriver de moi? Je ne me consolerai jamais. La fausse créature!

— Bon, fit-elle, d'autres amitiés te consoleront. Si j'ai bien compris certaines de tes confidences, il y a de par le monde quelques bonnes âmes toutes prêtes à réparer les torts de madame Confit...

Mes traits durent prendre un aspect terrible à cette plaisanterie, car ma cousine s'arrêta court.

Au bout d'une semaine, mon désespoir n'était pas calmé et je ne pouvais plus voir Paris en peinture. Je voulus essayer d'aller dans le monde par redoublement. Hélas! la vue seule des créatures appartenant au sexe maudit me soulevait le cœur. Les unes m'exaspéraient par un air de moquerie insupportable que je croyais voir percer sous leur sourire. Les autres m'indignaient par je ne sais quelle expression de joie discrète. Supposaient-elles par hasard qu'elles allaient recueillir la succession de mon infidèle?

— Ah! Rosie, m'écriai-je un jour, il est dur d'avoir mon âge, et de mépriser déjà toutes les femmes.

— Toutes! fit-elle en levant sur moi de grands yeux sévères.

— Oui, toutes! répondis-je en frappant du pied, à l'exception d'une sainte qui est ma mère.

— Et moi? demanda-t-elle avec un regard tout

20

différent, le regard mouillé de la Rosie d'autrefois.

La question était si drôle dans sa bouche que je retrouvai la force de répondre par une moquerie affectueuse :

— Oh! vous, miss Pot-au-feu, vous n'êtes pas une femme, et je vous en félicite bien sincèrement.

La Providence eut pitié de moi. Le lendemain même j'apprenais qu'un de mes amis intimes venait d'acheter un yacht, et qu'il partait la semaine suivante pour une croisière dans les mers de Grèce et dans le Bosphore. Je courus chez lui et m'informai s'il pouvait me donner une cabine.

— Sauf la mienne, dit-il, je peux te les donner toutes. Je n'emmène personne.

— Allons donc! Ce grand voyage à toi tout seul? Quelle idée!

— Mon cher, je te préviens loyalement que je serai un compagnon lugubre. Je quitte la France pour tâcher d'oublier un grand chagrin de cœur, une cruelle ingratitude.

Je pris sa main et la broyai silencieusement dans la mienne.

— Et moi, dis-je à mon tour, je pars pour que la perfide qui m'a tué n'ait pas le plaisir de savourer mon agonie.

Ainsi lancés, nous nous montâmes la tête mutuellement. Heureusement qu'il s'agissait d'une simple promenade en yacht. Si nos jeunes désespoirs avaient suivi la direction moins hygiénique du revolver ou du poison, je tiens pour certain que nous nous serions grisés de nos paroles jusqu'à commettre quelque bêtise irréparable. Séance tenante nous délibérâmes sur bien des choses, notamment sur la question de savoir dans quelles dispositions extérieures nous partirions. Mon ami tenait pour une disparition silencieuse et digne, quelque chose comme « un chagrin qui sombre dans l'inconnu », — je me souviens encore de ses paroles.

Quant à moi, j'étais d'un avis tout opposé.

— Pourquoi nous enfuir comme des voleurs quand c'est nous qui sommes volés, trahis, méconnus !

Je n'étonnerai personne en disant que mon opinion l'emporta. Nous commençâmes nos adieux, promenant partout nos airs accablés, comme les gens qui ont eu un duel promènent leur bras en écharpe.

Trois jours après, chacun savait dans le cercle de mes amis et connaissances que j'allais expirer d'un amour malheureux sur quelque rivage désolé de l'Archipel. Je n'avais prononcé aucun nom, trouvant la moindre indiscrétion, même en pareil cas, indigne d'un gentilhomme. Et cependant je pus constater que per-

sonne ne s'y trompait. C'était à croire que les bontés
de madame X*** à mon égard, puis sa perfidie odieuse,
avaient été affichées à la mairie parmi les publications
de mariage.

O sublime lâcheté d'un cœur épris ! J'adorais plus
que jamais l'infidèle ; j'aurais oublié tout orgueil sur un
signe de sa main. Par je ne sais quel besoin d'humilia-
tion volontaire, j'en fis l'aveu à ma cousine en lui disant
adieu, la veille de mon embarquement. J'avais eu soin,
bien entendu, de me ménager un tête-à-tête.

— *Elle* sait que je pars, dis-je. Il est impossible
qu'elle l'ignore. Je l'ai raconté à cent personnes. Me
laissera-t-elle m'éloigner ainsi ? Ne vais-je pas trouver,
en rentrant chez moi tout à l'heure, un billet avec ce
simple mot : « Restez ! » Ne m'écrira-t-elle pas, dans
quelque temps, d'interrompre mon voyage et de venir
reprendre ma chaîne ?

Ma cousine ne répondit pas, et l'air ennuyé de son
visage me fit souvenir que, malgré les trente ans qu'elle
se donnait, ses oreilles ne devaient pas en entendre
plus long.

— Et toi, Rosie, dis-je pour quitter le sujet brûlant, je pense que tu m'écriras ?

— Bah ! fit-elle. Pour te parler de quoi ? Mes lettres
seraient mortellement ennuyeuses.

— Mais non, mais non, protestai-je poliment. Tu me parleras de toi, de ta peinture, de l'oncle Jean. Tes lettres me feront le plus grand plaisir, au contraire. Je sais que tu es pour moi une amie dévouée et, quand le cœur souffre...

Je m'arrêtai, vaincu par l'émotion. Ma cousine me répondit avec un soupir résigné :

— Je t'écrirai puisque tu l'exiges. Ton adresse?

— Poste restante à Constantinople.

Nous rejoignîmes l'oncle Jean et je pris congé de lui avec une cordiale poignée de main. Je plantai deux gros baisers sur les joues de ma cousine, et je rentrai chez moi pour achever mes malles. J'avais prévenu mes parents que j'allais faire une excursion de deux mois, m'excusant sur la soudaineté du départ de ne point aller leur dire adieu.

« Je t'approuve, m'avait écrit mon père. A ton âge il est bon de voyager. Regarde bien pour te souvenir des belles choses que tu auras vues, afin de nous les raconter au retour. Je t'envie. Comme tu vas t'amuser et t'instruire ! »

Pauvre père, il ne se doutait pas que je partais avec la mort dans l'âme ! Il parlait d'amusement ! Il entrevoyait déjà le retour !... Le retour !... Un voyageur dont le désespoir conduit les pas sait-il où, quand, comment se terminera son voyage?...

Le moment du départ était arrivé. Je dus me mettre en route sans que mon infidèle eût donné signe de vie. Mon ami et moi, nous avions l'air de deux condamnés à mort, lorsque la *Galatée* nous emporta loin des côtes de la Provence, sur lesquelles nos yeux abattus cherchaient en vain deux ombres ingrates et oublieuses.

XIV

Que les âmes compatissantes se rassurent. La montagne glacée de désespoir qui m'écrasait le cœur sembla se fondre à mesure que les lieues marines s'inscrivaient sur notre livre de loch. Il faut que l'air de la Méditerranée possède des propriétés singulièrement consolatrices, car nous n'avions pas encore touché

Naples que j'entrevoyais déjà la possibilité de vivre
avec ma blessure.

« Je souffrirai jusqu'à mon dernier jour, pensais-je en
voyant fuir le sillage bleu, lamé d'argent, que creusait
la proue fine de la *Galatée*. Mais je sens que j'aurai
la force de ne pas mourir. Seulement, qu'on ne me
parle plus jamais d'amour! Que l'ironie de ce mot odieux
ne frappe plus jamais mes oreilles! Une seule femme
pourra se faire gloire d'avoir vaincu, subjugué, trahi
Gaston de Vaudelnay. Que les autres en prennent leur
parti! Désormais il défie tous leurs décevants artifices. »

Quand nous reprîmes la mer, après une visite à
Pompéi, cette belle morte dont le suaire de cendres
s'est écarté sous des mains sacrilèges, il me semblait
que le souvenir de madame X*** et celui de toutes ces
inconnues, dont je venais de contempler les appartements et les bijoux, comptaient un nombre de siècles à
peu près égal.

En longeant les côtes de Cythère (nous décidâmes
de ne point y aborder, vu sa laideur, bien que cette
escale eût figuré d'abord dans nos projets comme une
des stations de notre voie douloureuse), je souriais
avec orgueil comme si j'eusse contemplé la capitale
dévastée d'un ennemi désormais impuissant. Ah! qu'il
faut se garder de ces inutiles fanfaronnades!...

Au Parthénon, sous ces colonnes aux tons d'ocre
parmi lesquelles semble glisser encore la blanche tu-
nique aux longs plis de la chaste déesse, des voix mystérieuses, mêlées à l'encens des sacrifices, chantaient à
mes oreilles :

— Que l'austère Pallas, désormais, reçoive seule tes
hommages. Vis sans aimer, et tu vivras heureux !

Et déjà j'éprouvais je ne sais quel vague bonheur à
vivre, à respirer l'odeur des jasmins flottant à travers
les rues poudreuses, à suivre d'un regard charmé les
jeunes Athéniennes aux yeux noirs allant remplir leurs
amphores à la fontaine.

Enfin les coupoles massives, les blancs minarets de
Stamboul sortirent au loin, devant nous, comme d'un
nuage de poussière d'or. L'avouerai-je? Tandis que je
gravissais les pentes de Galata pour aller prendre mes
lettres à la poste française de Constantinople, une pensée me préoccupait :

« Pourvu qu'*elle* ne m'ait pas écrit de revenir!
Pourvu qu'elle me laisse finir tranquillement mon
voyage! »

Oui, j'aurais été l'homme le plus contrarié du
monde s'il m'avait fallu dire adieu trop vite à cet Orient
que j'entrevoyais à peine et qui déjà me captivait. Oh!
la ville sainte avec ses mosquées de marbre noyées

dans la verdure! Oh! le Bosphore avec sa double bordure de palais endormis! Oh! les musulmanes drapées dans leurs satins clairs, laissant voir, à travers la mousseline complaisante du yachmak, leurs grands yeux noirs, si provocants sous la frange des cheveux dorés par le hennah!...

Trois lettres seulement m'attendaient à la poste : deux sur lesquelles je comptais, — celle de ma mère et celle de Rosie, — la troisième d'une écriture inconnue, ronde, moulée comme les caractères d'un écrivain public. L'enveloppe carrée, en papier jaune, avait les allures froides d'une correspondance d'affaires.

Une fois de plus on va reconnaître qu'il ne faut pas se fier aux apparences. Voici ce que contenait la missive mystérieuse que j'avais ouverte tout d'abord :

« Monsieur,

« Nous nous sommes rencontrés plusieurs fois dans un salon qui porte un des plus vieux blasons de France; mais je ne vous nommerai pas les maîtres du lieu, pas plus que je ne vous laisserai deviner qui je suis moi-même.

« Vous voudriez savoir au moins quels ont été nos rapports, si nous avons souvent causé, dansé ensemble, ce que nous nous sommes dit, si je vous ai plu, si

vous m'avez fait la cour. Peut-être avez-vous la curiosité — flatteuse pour moi — de connaître mon impression sur votre personne. Voilà bien des questions qu'il
peut vous venir en tête de m'adresser; mais vous n'aurez de réponse qu'à la dernière. Vous intéresserait-elle
moins que les autres? Avouez que non.

« Eh bien! monsieur, je pense de vous des choses... que je me suis bien gardée de vous dire, ou
même de vous laisser soupçonner. Mais, s'il vous plaît,
n'allez pas croire que c'est par modestie ou par crainte
de vos dédains. Je connais vos goûts. Je vous ai trouvé
parfois moins difficile pour d'autres femmes qu'il ne
vous serait, à coup sûr, permis de l'être. J'ai constaté
en vous des... indulgences faites pour encourager de
moins modestes que moi — et de plus mal partagées.
Mais qu'aurais-je gagné à me faire ouvrir les portes du
temple? Je m'y serais trouvée en trop nombreuse compagnie? Je ne comprends que les chapelles bien fermées,
avec un seul tabernacle et une lampe qui brûle fidèlement, sans jamais s'éteindre. Vos enthousiasmes, autant
que je puis croire, ressemblent à ces décors de feu d'ar-
tifice qui s'embrasent tout à coup et disparaissent très
vite, pour faire place au numéro suivant du programme.

« Avec tout cela — vous allez bien rire — j'ai beaucoup souffert et je souffre encore, car je vous aime.

Eh bien! ne riez pas trop; ne dites pas : « Bon, encore
une! » Oui, je vous aime, et, sans doute, je ne suis pas
la première qui vous informe d'un événement de ce
genre. Mais deux particularités me distinguent des
autres : la première, c'est que je vous aimerai toujours; et la seconde, que vous ne saurez jamais qui je
suis. Vous haussez les épaules? Vous dites que je joue
un air connu? Vous verrez que non. Dans dix ans, vous
n'en saurez pas plus qu'aujourd'hui. Et, dans dix ans,
je vous aimerai encore.

« D'ailleurs, si j'étais comme les autres, je n'aurais
pas attendu que vous fussiez à sept ou huit cents lieues
de la France pour vous dire que ma pensée ne vous
quitte pas; que je sacrifierais ma vie, si elle m'appartenait, pour embellir la vôtre; que vos yeux, quand ils
rencontrent les miens, me donnent le plus grand bonheur que je me souvienne d'avoir connu.

« Et cependant la tendresse du meilleur et du plus
noble des êtres m'entoure d'une constante adoration.
Mais je vous aime, et je suis tellement malheureuse de
ne vous l'avoir jamais dit, que j'essaie de vous l'écrire
afin de voir si, désormais, je serai plus heureuse.

« Voilà tout, monsieur, et notre correspondance
doit naître et mourir dans ces seules pages. Toutefois,
il me serait agréable de savoir que vous avez reçu

cette lettre. Elle contient — j'ai l'orgueil de le croire
— quelque chose de plus précieux qu'un paquet de
billets de banque : elle vous apporte un cœur qui ne
s'était jamais donné. Vous m'apprendrez sincèrement ce
que vous pensez de cette folie. Mais tout le bien ou
tout le mal que vous pourrez me dire n'empêcheront
pas que je vous aime toujours, ni que ces lignes ne
soient les dernières à vous écrites par

« VOTRE AMIE ».

Pour toute signature, cette missive étrange offrait aux
yeux une fleur de pensée finement dessinée à la plume.
Le post-scriptum invitait à répondre, sous des initiales
compliquées, au bureau de poste de la Madeleine.

Quoi que l'on doive penser de moi, j'avouerai que
je relus deux fois cette lettre avant d'ouvrir les deux
autres, lesquelles, d'ailleurs, ne contenaient rien, à
beaucoup près, d'aussi intéressant. Ma mère me donnait en détail les nouvelles du jour de Vaudelnay, ter-
minant sa quatrième page par des recommandations
instantes de bien me soigner et « d'être prudent dans
un pays où la vie des hommes est comptée pour si
peu de chose ». A coup sûr, en écrivant cette admones-
tation discrète, ma chère mère avait des visions de
pals, de poignards et de sacs de cuir immergés dans le

Bosphore, avec deux victimes — de sexe différent —
s'y débattant contre la mort.

Quant à ma cousine, en la lisant on croyait l'entendre. C'était la même affection simple, raisonnable,
éloignée de toute exaltation de pensée et de langage.
Pauvre miss Pot-au-Feu !

Malgré tout, sa prose aurait pu me paraître charmante
sans la rivale inconnue auprès de laquelle cette âme
naïve semblait singulièrement terre à terre. Qui était-
elle donc, cette autre femme, romanesque et vertueuse
tout à la fois, dont l'amour tombait sur moi sans être
appelé, pareil à la fleur odorante qui s'effeuille sur
le front du voyageur traversant un bois de myrtes?
Comment l'avais-je vue sans la distinguer des autres?
Où l'avais-je rencontrée? Par quelle séduction involon-
taire avais-je attiré ses regards?

Pendant une heure, je fouillai par la pensée quatre
ou cinq des salons les plus haut cotés parmi ceux que
je fréquentais jadis, du temps où madame X*** ne m'en-
traînait pas à sa suite dans un monde moins blasonné.
Quelques profils vagues, à demi perdus dans la pénom-
bre d'un souvenir lointain, se présentèrent à mes yeux.
J'appelai mon imagination à mon secours pour peindre
le portrait de l'inconnue.

Je me figurais une femme grande, blonde, mélanco-

liquement rêveuse, d'une beauté poétique, unie par un
mariage de raison à quelque époux trop âgé pour elle,
plein de mérite et très respectueux mais qu'elle n'avait
pas]pu aimer. Pourquoi me donnait-elle cet amour
idéal et profond, à moi qui me sentais si peu digne
d'une offrande aussi précieuse, à moi dont les grâces
moins qu'éthérées d'une coquette avaient tourné la tête
et conquis l'admiration? Et pourtant ma correspondante
anonyme me semblait avoir peu d'illusions sur mon
compte. La preuve en était dans certaine phrase de sa
lettre et, plus encore, dans cette défiance à mon égard
qu'elle manifestait sans ménagements.

O variations bizarres et soudaines du cœur humain!
La veille encore, ma réputation naissante d'homme à
succès me parait à mes propres yeux d'une auréole de
gloire (momentanément voilée par le crêpe funèbre
d'une défaite). Et voilà qu'à cette heure je ne sentais
plus qu'un désir : convaincre cette douce inconnue que
j'avais un de ces cœurs faits pour se donner une seule
fois, que j'étais un chevalier fidèle et discret, digne
d'être aimé, digne d'être admis à la voir, à m'age-
nouiller devant elle, à baiser ses mains ou tout au
moins le pli de sa robe. Mon enthousiasme était si
grand que je voulais d'abord partir sur l'heure; courir
chercher cette tendre créature dans chaque rue, dans

chaque maison de Paris; la guetter pendant un mois, s'il fallait, au guichet de la poste où elle devait venir prendre ma réponse.

La réflexion me fit voir qu'il fallait arriver à elle par d'autres moyens, si toutefois je devais être assez heureux pour percer un jour ce charmant mystère. Sans prendre le temps de redescendre au port et de regagner la *Galatée*, j'entrai dans un des hôtels de Péra et je demandai de quoi écrire. Je me souviens que ma lettre commençait ainsi :

« Madame, ce que vous appelez ironiquement « mon temple » n'est plus, à cette heure, qu'un monceau de ruines sur lesquelles se dresse la chapelle « bien fermée » que dépeint votre lettre. La pauvre lampe de mon cœur brûle, toute tremblante, devant l'autel. Une seule chose manque à ce culte nouveau et chéri : l'image, le nom de celle qui dissipe l'aveuglement de mes erreurs grossières.

« Ce nom, je l'attends, je l'invoque ; cette image, cachée derrière son voile de pureté, mon respect l'implore à genoux. Apôtre de l'amour chaste et vrai, vous avez, d'un seul mot, renversé mes idoles ! Ce n'est que la moitié de votre tâche bienfaisante, et j'ai le droit de vous dire : Ne mettrez-vous rien à la place de ce que vous avez détruit ?... »

Pendant de longues pages, mon zèle de néophyte s'épanchait avec ce lyrisme qui fera sourire, j'en ai peur, la plupart des hommes qui ont aujourd'hui vingt-cinq ans, l'âge que j'avais alors. Je reniais les erreurs du passé, particulièrement madame X***, ne la désignant, bien entendu, que par des allusions sagement voilées. Pour l'avenir, je m'engageais par les plus redoutables serments à devenir le modèle de ceux qui aiment.

Mais je donnais à entendre que toutes ces belles résolutions dépendaient du nouvel arbitre de ma vie. Au prix d'une réponse courrier par courrier, je garantissais ma persévérance. Que si ma belle correspondante exécutait ses menaces de silence perpétuel, Dieu sait ce qui adviendrait de moi! Me reverrait-on jamais? A quelles folies nouvelles ne me conduirait pas le désespoir? Je demanderais l'oubli à l'ivresse. Ou bien j'irais le chercher sur tous les points du globe, de la Turquie aux Indes, des Indes en Chine, de la Chine au Japon, plus loin si c'était possible? Mes parents s'éteindraient dans les larmes! A qui la faute? Une réponse, une réponse contenant ne fût-ce qu'une lueur d'espoir, et je rentrais en France à l'instant même, corrigé de toutes mes erreurs, portant dans ma poitrine un cœur nouveau. C'était à prendre ou à laisser.

22

Positivement, j'avais perdu la tête.

Ma lettre partie, je comptai les heures qui me séparaient du retour du courrier. Que dis-je, les heures ? c'était bel et bien l'affaire de deux semaines, car, à cette époque, l'*Orient-Express* ne roulait pas encore entre Paris et la Pointe du Sérail.

Pendant ces quinze jours, mon ami et moi nous courûmes les ruines, les bazars, les mosquées, de Stamboul à Scutari. En outre la *Galatée* appareilla plus d'une fois pour nous conduire soit aux îles des Princes, soit dans le haut Bosphore, soit même sur les côtes les plus avoisinantes de la mer Noire où, par parenthèse, un coup de vent d'Est faillit me noyer, moi et ma chapelle toute neuve, encore veuve de sa statue.

D'ailleurs aucune aventure d'un genre plus doux ; pas la moindre tentation, ce qui est, pour les nouveaux convertis de mon espèce, la meilleure garantie de persévérance. Dieu sait ce qui serait arrivé si j'avais fait mon stage de vertu dans un pays où les femmes sont moins cloîtrées ! On voit que je ne cherche pas à me surfaire.

Enfin le paquebot de la malle française fut signalé au sémaphore de Galata, dont j'avais appris les séries de pavillons par cœur. O joie ! le guichet de la poste s'ouvrit pour laisser tomber dans mes mains une en-

À BORD DE LA « GALATÉE ».

veloppe où je retrouvai cette même écriture renversée
que mes yeux avaient relue si souvent. Ma divinité
n'était point inexorable et m'épargnait le voyage du
Japon qui, entre nous, me donnait à réfléchir.

« Monsieur, m'écrivait-on, j'aime trop vos parents
— je ne veux pas dire par là que j'ai le plaisir de les
connaître — pour les priver si longtemps de la présence de leur fils. Vous vouliez une réponse; la voici.
Quant au reste, vous me permettrez bien de vous dire
que je ne saurais prendre toutes vos belles paroles
pour argent comptant. Je me défie des conversions si
faciles et si promptes. J'estime qu'il y faut un peu de
martyre, tout au moins quelques cicatrices de fer ou
de feu, quelque coup de griffe, témoignage d'une
courageuse confrontation avec les bêtes de l'amphi-
théâtre.

» D'ailleurs, il faut en prendre votre parti. Votre
chapelle — je vous félicite de l'avoir édifiée si aisé-
ment — contiendra quelque jour, si Dieu m'écoute,
une statue fidèlement honorée. Mais ce ne sera pas la
mienne, qui ne saurait quitter la modeste niche où la
retient le devoir. Je vous répète que je vous aime, que
je vous aimerai toujours. Vous l'avoir dit, savoir que
vous ne l'ignorez plus, bien que vous ignoriez tout le
reste, cela me procure déjà des douceurs infinies.

Depuis que j'ai cessé d'être une enfant, je ne me souviens pas d'avoir connu quelque chose qui touche
au bonheur d'aussi près.

    » Peut-être, puisque vous allez revenir, vous aper-
cevrai-je de loin en loin ; mais mon secret sera mieux
gardé que jamais, car il doit l'être ; je mourrais de
honte s'il en était autrement. Sans être devinée par
vous, je suivrai tendrement des yeux votre chemin dans
la vie. Et même, si vous restez digne de moi, ma plume
viendra vous dire de temps en temps que je suis fière
de vous et reconnaissante de ce changement, jusqu'au
jour où une autre, celle qui sera votre femme, vous
le dira des lèvres. Je rougis de ma faiblesse, car je
m'étais juré de vous écrire une seule fois. Mais cette faiblesse n'enlève rien à personne. Elle ne m'empêchera
de remplir aucun des devoirs de ma vie... et vous,
ami, jusqu'à présent vous n'avez guère de devoirs. »

    Une fleur de pensée, comme la première fois, rem-
plaçait la signature absente. J'y posai mes lèvres.

    « Qui sait, me disais-je tout bas, si d'autres lèvres
n'ont pas donné rendez-vous aux miennes, à cette
place ? »

    Le courrier m'apportait seulement deux lettres :
celle que je viens de dire, et une seconde, de la main
de ma mère. Rien de ma cousine, ce jour-là ; mais je

n'avais pas le droit de me plaindre, car la pauvre
miss Pot-au-Feu attendait encore sa réponse. Aussi,
que pouvais-je bien répondre à cette tranquille personne? Je la sentais si éloignée de la note actuelle de
mon esprit, que j'aurais dû me battre les flancs pendant une heure pour lui écrire vingt lignes! Lui raconter ma bonne fortune platonique et épistolaire?
A quoi bon? La froide écriture pouvait-elle initier cette
profane aux mystères du grand amour?

Moi, je le comprenais enfin, le grand amour; je le
respirais; je me mouvais dans cette atmosphère à la
fois pure et troublante comme l'air qui baigne les
hauts sommets. Tantôt, grisé pour ainsi dire par le
sentiment nouveau qui m'absorbait, j'avais peur d'être
la proie d'une folie passagère, éclose dans mon cer-
veau sous l'ardeur du ciel d'Orient. Tantôt je me demandais si je ne subissais pas l'influence mystérieuse du
magnétisme de la tendresse, m'électrisant à distance.

Mais, hélas! mon cœur ne s'égarait-il point à la
poursuite d'une chimère impossible à saisir, dont je
me moquerais bientôt moi-même ainsi que d'un songe
incohérent? Et si jamais le hasard ou la constance de
mes efforts me mettaient en face de mon inconnue, ne
m'apercevrais-je pas — désillusion plus cruelle que
toutes les autres — de mon impuissance à l'aimer?

« Tu l'aimeras éperdument si tu peux la découvrir, me répondait la voix de mon cœur. Et si elle reste invisible, si elle t'échappe, le couronnement du bonheur manquera toujours à ta vie. »

Désormais, chaque heure passée sur ce sol lointain me semblait perdue. Je courus rejoindre mon ami.

— Écoute, lui dis-je; il faut que je rentre à Paris. Tu ne m'en voudras pas si je t'abandonne?

— J'allais te proposer de partir, me répondit le maître et seigneur de la *Galatée*. Je m'ennuie atrocement dans cette ville où les femmes sont des fantômes. Les Parisiennes ressemblent à la lance d'Achille. Blessé par elles, c'est par elles seules qu'on peut être guéri. Demain, au soleil levant, nous verrons disparaître dans les flots d'or la Pointe du Sérail. Mais toi, que t'arrive-t-il? Tu resplendis. Gageons qu'*elle* t'écrit de revenir.

Je racontai discrètement mon histoire. Aussi bien, vu les circonstances, il m'eût été difficile de me montrer indiscret.

— Tu m'as joliment l'air d'un homme sur le point de se faire rouler, grommela cet affreux sceptique.

Je m'enfuis pour ne pas l'étrangler. A l'aube suivante, quand le bruit des anneaux de fer martelant

l'écubier m'annonça que nous étions en train de lever
l'ancre, je n'avais guère fermé l'œil. On devine que la
traversée me parut mortellement longue, et pourtant
la *Galatée* filait comme une mouette. Enfin, l'entrée du
port de Marseille apparut à nos yeux. Peu d'heures
après, mon ami et moi nous prenions place dans un
coupé du train express. Encore quelques moments, et
j'allais respirer le même air que la dame aux pensées.

XV

Ma première course dans les rues de Paris fut pour
le bureau de poste de la Madeleine, où j'eus à débour-
ser les frais d'un affranchissement considérable. Je
n'avais pas perdu mon temps durant la traversée, et
le paquet volumineux qui tomba dans la boîte avec un
bruit sourd, ressemblait moins à une lettre d'amou-

reux, qu'au manuscrit déposé furtivement dans l'ori-
fice d'une imprimerie de journal.

Il y avait de tout dans ce volume. Souvenirs purs
d'enfance, détestation de mes erreurs passées, fermes
propos pour l'avenir, humbles prières de pardon, dithy-
rambes en l'honneur de l'amour idéal, tout cela se trouvait dans ces nombreuses pages terminées par un appel
aux plus vulgaires sentiments de justice et d'humanité.

« Vous pouviez, disais-je, me laisser ignorer toujours mon bonheur. Avez-vous le droit, maintenant,
de causer mon malheur pour le temps qui me reste à
vivre? Quel mal vous ai-je fait pour que vous me tor-
turiez ainsi? Qu'avez-vous à craindre de moi? Le nom
que je porte ne vous dit-il pas que mes sentiments sont
ceux d'un gentilhomme? Ne sentez-vous pas que je vous
respecterai comme une sainte, que je me contenterai
du bonheur de vous apercevoir quelquefois si, comme
vous le dites, mon malheureux destin nous sépare?

« Ou bien, pensez-vous que je vous aimerai moins
après vous avoir vue? Ah! c'est votre âme, c'est votre
cœur que j'aime! Que m'importe le reste!... Mais quelle
folie! Je sens à mon trouble que le reste est charmant. »

De la Madeleine au Louvre je ne fis qu'un bond.
Certes la tranquille Rosie n'était point, pour le romanesque récit que j'allais faire, l'auditeur que j'aurais

souhaité. Mais je n'avais pas le choix, et d'ailleurs, à
défaut d'autres qualités, ma cousine avait une résignation parfaite. Comme confidente, elle aurait charmé
Corneille ou Racine. Je la trouvai assise à son chevalet,
copiant la même Vierge, avec Lisbeth attelée au même
tricot. En me voyant, elle eut un petit cri de surprise :

— Comment! déjà de retour? Que se passe-t-il
donc? Je ne t'attendais que dans un an pour le moins.

— Il se passe, répondis-je, que ton cousin est à la
fois le plus heureux et le plus infortuné des hommes.
Tiens, lis ces lettres.

— Doucement! fit ma cousine en retirant sa main
comme à l'approche d'un fer rouge. Ta confiance m'ho-
nore, mais tu oublies à qui tu parles. Après ton départ
j'ai examiné ma conscience, et il m'a fallu me confesser
d'avoir un peu trop écouté tes confessions.

— Tu peux lire, insistai-je. Tu ne te confesseras
pas d'avoir parcouru ces pages adorables. Je te conseille même de les apprendre par cœur : tu ne pourrais
qu'y gagner.

Avec un léger soupir, elle posa tranquillement sa
palette, son appuie-main et ses pinceaux. Elle rougissait peu à peu et, quand elle fut au bout de la seconde
lettre, avec ses yeux brillants et ses joues fleuries
comme des roses pourpres, elle était, Dieu me par-

donne, absolument jolie. Mais, en ce moment, il était bien question de savoir si Rosie était belle ou non !

— Qu'en dis-tu? demandai-je en replaçant sur mon cœur les précieux autographes.

Elle haussa doucement les épaules, des épaules d'un dessin parfait. Tout en se remettant à son travail, elle me répondit :

— Tu vas te fâcher, tant pis ! Eh bien, vous êtes fous tous les deux. Oui, elle est folle d'écrire de semblables fadaises à un monsieur qu'elle connaît à peine. La malheureuse ! Que ne puis-je découvrir tout à l'heure son adresse et son nom ! Je me ferais un devoir de courir chez elle pour lui crier : « Casse-cou ! » Entre femmes on se doit ces avertissements. Quant à toi, je te trouve encore plus ridicule, et je gagerais ce Murillo contre ma copie que tu as affaire avec un vieux laideron sentimental. Et c'est pour cela que tu as coupé par le milieu ton beau voyage d'Orient !

— Rosie ! vociférai-je en prenant mon chapeau, tu es née pot-au-feu et pot-au-feu tu mourras ! Je te reparlerai seulement le jour où j'aurai découvert mon inconnue ! Tu verras si c'est un vieux laideron !

— Bon ! dit-elle avec son franc rire de camarade, notre séparation sera longue, cette fois. Ou je me trompe fort, ou la dame est trop avisée pour se laisser

voir. Signons la paix ; je ne dirai que ce que tu voudras.
Mais enfin, mon pauvre ami, que comptes-tu faire ?

— La chercher dans tout Paris, maison par maison.
Et, surtout, la convaincre avec le temps, dussé-je y
mettre dix ans de ma vie, que je suis digne d'elle et
qu'elle peut se révéler à moi.

— Tu seras bien avancé quand tu te trouveras en
face d'une personne mûre, ornée de quatre enfants !
Elle te crie sur les toits qu'elle n'est pas libre.

— Elle deviendra veuve, et ses enfants seront les
miens. Dans tous les cas, je la verrai quelquefois. Je
ne veux plus vivre sans cette femme. Je l'adore avec
passion !

Je criais si fort, que Lisbeth, embarrassée par ce
qu'elle entendait malgré elle, plongeait sa tête dans
son tricot. Quant à ma cousine, elle partit d'un grand
éclat de rire. Jamais je ne l'aurais crue susceptible
d'une gaieté aussi bruyante.

— Par ma foi ! dis-je, parodiant sans y tâcher le
Misanthrope, je ne vois pas en quoi je suis si risible !

— Pardonne-moi, mon bon Gastie. Mais je te vois
encore tel que tu étais à cette même place, l'automne
dernier, faisant les honneurs du Musée à certaine élégante, avec des airs convaincus. Tu te souviens de
madame Confiture-de-Roses ?

Elle s'essuya les yeux où le rire avait mis quelques larmes brillantes, qui lui allaient fort bien.

— A propos, reprit-elle, sais-tu quelle idée me vient? Si la superbe personne dont je parle était en train de se moquer de toi, grâce à un déguisement d'écriture! Si ta passion d'alors et celle d'aujourd'hui ne faisaient qu'une! Tu m'avoueras que ce serait drôle.

A première vue, l'imagination n'était pas tellement absurde, et je sentis la rougeur me monter au front. Mais un examen de quelques secondes me rassura.

— Écoute, répondis-je de mon air le plus calme, en désignant le Murillo du bout de mon menton. Si l'on disait demain au conservateur du Louvre : « Cette toile qui est accrochée là sort du pinceau de mademoiselle Rosie », penses-tu qu'il s'y laisserait prendre?

— Hélas! soupira ma cousine. Je voudrais le croire; mais j'en doute.

— Eh bien, les lettres que j'ai dans ma poche ressemblent à ce que cette... coquine peut écrire et penser, comme la peinture de Murillo ressemble à ta peinture. Tu admettras bien que je suis à même d'en juger.

Rosie baissa la tête sur sa toile, un peu mortifiée sans doute de ma franchise à l'égard de son talent. Je lui dis en prenant congé d'elle :

— Bientôt j'irai voir l'oncle Jean, mais seulement

après que la dame aux pensées m'aura répondu. J'aurai du plaisir à te montrer sa lettre, et cependant mes confidences t'ennuient peut-être.

— Bah! fit ma cousine avec son bon sourire, il y a longtemps que j'y suis habituée. Non, vraiment elles ne m'ennuient pas.

Nous nous quittâmes sans rancune après une cordiale poignée de main. Tout en descendant l'escalier, je me disais :

— Positivement, cette Rosie devient une jolie fille... Mais quelle personne prosaïque !

XVI

— Je savais déjà ton retour d'Orient par ma petite-
fille, et je pense que tu viens m'annoncer ton départ
pour Vaudelnay. Tes parents doivent t'attendre.

Mon oncle m'accueillit par ces paroles quand j'allai
lui présenter mes devoirs, quelques jours plus tard,
ayant dans mon portefeuille une lettre que j'avais prise
le matin même à la poste restante.

Partir pour Vaudelnay! M'éloigner de l'adorable femme dont les lignes tendres, généreuses, consolantes reposaient sur mon cœur : comment avoir ce courage! Et pourtant juin finissait. Encore une quinzaine et ma dernière inscription de droit avant les vacances devait être prise. Quant aux examens, je n'aurais pas été moins préparé à subir ceux du doctorat en médecine. Depuis quelques mois, je n'avais guère le temps de songer au Code et aux Institutes. Mais quel prétexte imaginer afin de ne point quitter la capitale?

— Pour le moment, répondis-je évasivement, mes projets sont encore très vagues.

Cette fois je n'osais plus parler à mon oncle de sa propre visite chez nous. Il était payé pour ne pas trop compter sur la fidélité de ma mémoire en certaines circonstances.

Dès que je pus être seul avec Rosie, j'abordai le sujet qui me tenait au cœur avant tous les autres.

— Je suis bien malheureux! m'écriai-je. Lis cette adorable lettre. Tu n'y trouveras pas une parole, pas une virgule qui ne montrent clairement que la femme qui l'a écrite était faite pour moi. C'est à peine si elle me connaît, et son cœur me devine avec une sorte de pénétration surnaturelle. Ce qu'elle me dit est précisément ce qu'il faut me dire. Elle m'aime sincèrement,

d'un amour qui m'élève à mes propres yeux, qui em-
bellirait toute ma vie. Je sens qu'elle pourrait faire de
moi un homme sérieux et bon. Elle m'a rendu meilleur
déjà. Est-il possible que ma destinée soit de ne jamais
connaître même son nom!

Ma cousine lisait lentement, en s'appliquant beaucoup, comme si elle eût déchiffré quelque passage écrit
dans une langue peu familière, qu'il fallait traduire
ligne par ligne. Cependant, si froide qu'elle fût, on pouvait voir à certaines émotions fugitives de son visage
qu'elle prenait du plaisir à la lecture.

— Oui, dit-elle en me rendant le papier. Je com-
mence à croire que cette femme agit sincèrement,
qu'elle est prise pour toi d'un attachement véritable.
Mais — tu es plus expert que moi dans ces matières —
qui sait si vous gagneriez l'un et l'autre à sortir du
nuage dont vous êtes poétiquement environnés? Je
voyais, l'autre jour, une toile qui représente Psyché. Il
me semble que son histoire a du rapport avec la vôtre.
Fini le mystère, fini l'amour!

— Et il me semble à moi, dis-je en la menaçant,
que miss Pot-au-Feu se moque de son cousin.

— Ah! je te jure que non! répondit-elle avec un
grand sérieux. Je n'ai jamais été plus sincère depuis
que je suis au monde.

— Alors, je n'y comprends plus rien. Tu te dé-
ranges. Mais tu passes d'un extrême à l'autre. Je voudrais bien te voir adorée toute ta vie par un monsieur
dont tu ne pourrais rien dire : ni s'il est beau, ni s'il est
affreux, ni s'il est blond, ni s'il est maigre, ni s'il est
vieux... Et encore, chez un homme ces choses-là tirent
moins à conséquence. Ah! tiens, je sais bien ce qui arri-
vera si ma cruelle amie s'obstine à se cacher.

— Moi aussi, je le sais bien. Tu abandonneras l'en-
têtée à son malheureux sort et tu épouseras une bonne
femme, qui te la rappellera dans le peu que tu sais
d'elle, mais dont tu auras pu juger par toi-même l'âge,
la figure et le reste. Il me semble que ce dénouement
n'est point si mauvais.

— Mauvais ou non, il est impossible. Je mourrai
garçon, laissant à ton deuxième fils la fortune et le
nom des Vaudelnay.

— Tu divagues, fit ma cousine en haussant les
épaules.

Et notre entretien fut terminé ce jour-là.

Dans le moment de l'année où nous étions, Paris
n'existait plus au point de vue du monde; mes jours et
mes soirées se traînaient sans distractions, je parle de
distractions honnêtes. Quant aux autres, dans l'état
de quasi perfection idéale où je me trouvais, la seule

pensée de les avoir connues me faisait horreur. Ma
seule ressource était la conversation de ma cousine;
je m'amusais à la convertir tout doucement à mes théo-
ries sentimentales. Je la voyais quotidiennement, soit au
Musée, soit rue d'Assas. Un jour elle me dit en riant :

— N'as-tu pas peur de me jouer un vilain tour
en faisant pousser des ailes sur mon dos? Quand elles
auront toutes leurs plumes, je serai bien avancée derrière les barreaux de ma cage! Au moins, maintenant,
je n'ai nulle envie de m'envoler vers le pays des rêves.

— Je ne suis pas inquiet, répondis-je. Tes ailes,
si tant est qu'elles poussent, ne s'agiteront jamais beaucoup. Tu te souviens de ces volatiles sédentaires que
nous allions voir ensemble à Vaudelnay...

— Fort bien : les canards de la basse-cour. Grand
merci de la comparaison!

— Voyez un peu la grincheuse personne? Qui parle
de canards? Ce sont les cygnes que j'ai voulu dire,
mademoiselle. Jamais ni toi ni moi ne les avons vus
s'envoler.

— C'est qu'ils se trouvaient heureux où ils étaient!...

En prononçant ces paroles, Rosie avait courbé sa
tête fine sur son chevalet, avec une ondulation de cou
si harmonieuse que je trouvai ma comparaison encore
plus juste qu'elle n'en avait l'air.

Le 10 juillet, je reçus une lettre de mon inconnue.
Si j'ai conservé le souvenir de cette date, c'est qu'elle
marqua la fin d'une correspondance qui m'avait donné
un immense bonheur durant trois mois. Non, je ne devais plus revoir cette grosse écriture déguisée et cette
signature fleurie, qui me confirmait de si charmants
aveux. Ce jour-là, au lieu d'une seule pensée, la main
mystérieuse en avait dessiné tout un bouquet, groupé
avec un art exquis, bien qu'il fût aisé de voir qu'elles
étaient jetées sur le papier à la hâte et sans recherche.

Dans ces quatre pages, vibrait toujours la même tendresse grave, on pourrait dire maternelle, mais avec un
abandon plus intime où l'on sentait je ne sais quoi d'hé-
sitant et d'attendri. La lettre finissait par ces lignes :

« Et maintenant, cher, il vous faut partir. Les
champs vous réclament ; ce Paris brûlant n'a plus assez
d'air pour vous. Si c'est moi qui vous y retiens, sa-
chez que j'aspire, moi aussi, vers des régions plus
tempérées. Toutefois, soyez tranquille. Vos lettres me
parviendront, expédiées à l'adresse ordinaire, et vous
aurez les miennes, qui continueront à passer par Paris,
car vous ne saurez point où je suis allée.

« Que vous importe ce que vous ne savez pas, à côté
de cette chose que vous savez : je vous aime ! Voyez
plutôt : c'est moi, maintenant, qui ai besoin de vos

lettres; c'est moi qui les demande. Ne m'oubliez pas à
Vaudelnay où l'on s'amuse beaucoup, m'a-t-on dit. Du
moins, ami cher, si vous m'oubliez, que ce soit pour
une jeune fille digne de vous et qui sera votre femme.
Choisissez-la bien quand l'heure viendra. Vous savoir
malheureux, savoir une autre malheureuse par vous,
serait la douleur suprême de ma vie. »

Du moment où *elle* quittait Paris, je n'avais plus
de raison pour y rester. Je préparai donc tout pour mon
départ, mais la perspective d'une agitation mondaine
semblable à celle de l'année précédente m'était insupportable. J'écrivis à ma mère que je me sentais fati-
gué, que je désirais vivement jouir du repos le plus
complet durant mon séjour à la campagne. Par la
même occasion, je parlais de mon projet d'enlever ma
cousine et mon oncle, et de les amener avec moi. J'ex-
pliquais cette idée par le désir de procurer à la jeune
fille et au vieillard une saison de villégiature utile à leurs
santés. Mais, pour dire le vrai, je ne pouvais plus me
passer de ma confidente ordinaire. Seul à Vaudelnay,
sans avoir personne à qui parler de la dame aux pensées! Il y avait de quoi mourir.

Ma mère me répondit courrier par courrier, en m'en-
voyant une invitation pressante pour l'oncle Jean et sa
petite-fille. Que dis-je, inviter! On les suppliait de faire

25

une longue visite à la vieille maison qui était toujours la leur, qui l'avait été si longtemps ! La seule objection, la difficulté du voyage pour les jambes raidies par l'âge de mon oncle disparaissait, puisque le trajet devait se faire sous mon escorte.

Je savais comment m'y prendre pour emporter d'assaut le consentement du peu flexible baron. J'allai chez lui à l'heure où je supposais que sa petite-fille était au Louvre.

— Oncle Jean, dis-je, vous voyez devant vous un ambassadeur, et voici mes lettres de créance.

Je lui remis l'invitation de ma mère. L'épître lue avec quelques froncements de sourcil que j'interprétai sans trop de peine :

— Ta mère est toujours bonne comme je l'ai connue, dit mon oncle. Mais ce qu'elle demande est difficile.

— Cela serait dix fois plus difficile qu'il faudrait encore le faire, dis-je gravement. Rosie tombera malade si son été se passe à Paris.

J'avais touché juste. Le grand-père de ma cousine bondit à mes paroles.

— Rosie malade ! s'écria-t-il. Qu'en sais-tu ?

— Elle change, répondis-je avec aplomb. Ses traits se tirent, ses yeux s'agrandissent; l'abus du travail lui voûte les épaules. Il y a trois jours, pendant une courte visite que je lui ai faite au Louvre, elle a toussé plusieurs fois... d'une mauvaise toux.

— Tu la trouves changée? Mon Dieu!... Moi aussi, j'avais cru m'apercevoir... Cependant, elle ne se plaint jamais.

— Parbleu! si vous attendez qu'elle se plaigne! Elle sait que tout déplacement vous est incommode, et c'est une fille si prompte à se sacrifier!

— Oui, très prompte à se sacrifier, répéta mon oncle dans un écho qui ressemblait à un grognement. C'est une de ces créatures qui sont nées victimes.

Il me tourna le dos avec une sorte de mauvaise humeur, comme si j'étais responsable de l'esprit d'abnégation de ma cousine et des tristesses de sa destinée.

— Quand elle rentrera, je lui parlerai, dit-il bientôt entre ses dents. Et, pas plus tard que demain, je veux qu'elle consulte.

— Pas plus tard que demain, mon cher oncle, elle, vous et moi serons dans l'express de Poitiers, ne vous déplaise.

— N'allons pas si vite, mon neveu. Si ma petite-fille est malade, c'est aux eaux que je dois la conduire. Je ne sais pas d'endroit plus humide que Vaudelnay. Mes rhumatismes peuvent en dire quelque chose.

Quelle singulière lubie de ne pas vouloir venir

chez nous ! Comment expliquer cette résistance ? Par la
rancune du passé ? Comme je me posais ces questions,
nous entendîmes la voix de Rosie qui chantait dans l'an-
tichambre.

— Tiens, écoute comme elle est malade ! dit l'oncle
Jean tout rassuré.

Mes plans s'en allaient à vau-l'eau. J'essayai pour la
seconde fois d'enlever l'affaire par surprise, en frappant
ailleurs.

— Veux-tu que nous partions tous ensemble pour
Vaudelnay ? demandai-je avant que mon oncle eût le
temps de dire un mot. Ton grand-père en meurt d'envie ; mais il a peur de te contrarier.

Le rossignol s'était tu subitement. Les jolies joues
roses devinrent blanches comme des lis.

— Partir pour Vaudelnay ?... tous ensemble !... Oh !
mon Dieu, quel bonheur ! soupira ma cousine en se
laissant tomber sur une chaise.

— Animal ! me cria mon oncle. Voilà une enfant qui
va s'évanouir !

— Quand je vous disais qu'elle est souffrante !

Déjà les couleurs vives reparaissaient. A en juger
par les symptômes, cette maladie n'était qu'une grande
joie. Rosie demanda d'une voix qui aurait fait retourner
mon oncle aux Indes :

— Grand-père! c'est vrai que nous partons?

Elle me regardait, tout en questionnant l'oncle Jean, et ce regard m'étonna, je l'avoue, par l'intensité du désir que j'y lisais. Jamais je ne l'aurais crue si attachée au vieux manoir.

— Va vite commencer tes paquets, décidai-je audacieusement. Nous devons être à la gare, sur le coup de huit heures, demain matin.

Nous y étions tous avant sept heures et demie. Je ne me souviens pas qu'aucune journée de voyage ait passé pour moi plus vite que celle-là. Ma bonne action recevait déjà sa récompense.

XVII

Plus vite encore que notre express, ma dépêche
avait couru sur son fil. Le château nous attendait avec
un air de fête, mais avec cet air discret des gens qui
entendent se réjouir pour eux-mêmes, non pas pour
l'agrément de leurs voisins.

En apercevant le sommet des tours du manoir, par-
dessus la ceinture des grands arbres, l'oncle Jean avait
mordu sa moustache et nous n'entendîmes plus le son

de sa voix, jusqu'au moment où le landau s'arrêta dans
la cour. Quant à Rosie, elle parlait pour deux, pous-
sant des exclamations de joie à chaque tournant du
chemin, appelant par son nom chacune des paysannes
qui se levaient de leur banc pour nous saluer, s'exta-
siant sur les embellissements du village.

Mon père et ma mère semblaient si heureux de
l'arrivée des voyageurs, qu'il aurait été difficile de
décider lequel de nous trois était accueilli avec plus de
tendresse. Mais, pendant le dîner, l'attention se dé-
tourna des autres à mon profit, et la conversation ne
roula guère que sur mon expédition dans le Levant.
Mon père l'approuvait fort; il disait que ce désir de
voir le monde et de s'instruire était recommandable
chez un jeune homme. L'oncle, un peu distrait, donnait
des signes d'assentiment. Sans doute il refaisait en esprit
ses traversées d'autrefois, et trouvait que la mienne, en
comparaison, était peu de chose.

Quant à la seule personne qui fût tout à fait ren-
seignée sur la cause véritable de mes exploits nautiques,
elle confectionnait des bas-reliefs en mie de pain, se
gardant soigneusement de tourner les yeux vers moi,
de peur d'éclater de rire, je pense. Mon père, qui la
regardait beaucoup, dut avoir la même idée, car il dit,
moitié plaisant moitié sérieux :

— Vous n'êtes pas devenue bavarde, ma nièce; mais je crains que vous soyez devenue un tantinet moqueuse. Est-ce que, par hasard, vous n'auriez plus pour les hautes qualités de ce jeune homme l'admiration d'autrefois?

L'accusée devint rouge comme une pivoine. J'ouvrais la bouche pour la défendre, ainsi que la justice m'y obligeait; mais que dire sans me compromettre? En cet embarras, un bruit que je n'avais pas entendu depuis bien des années frappa mon oreille. Le beffroi portatif du baron sonnait l'heure, comme jadis aux sermons de l'abbé Cassard. A ce signal connu, ma mère s'empressa de quitter la table.

L'oncle Jean et Rosie, fatigués de leur journée, regagnèrent de bonne heure l'appartement de la petite tour, accompagnés par la châtelaine. Mon père me dit, quand nous fûmes seuls :

— Ta cousine est superbe. Elle a les yeux, les sourcils, les cheveux d'une Italienne, et le teint d'une Anglaise. Comment ne nous en as-tu jamais parlé?

— Mon Dieu, répondis-je, ma cousine est à peine une femme pour moi. Je la vois toujours telle qu'elle était quand son grand-père l'a déposée sur ce canapé, tout endormie, un certain soir d'hiver. Au reste, nous sommes les meilleurs camarades du monde; mais, si

26

elle est Italienne par ses cheveux, elle est quatre fois
Anglaise par son esprit positif.

— Tiens, fit mon père, c'est étonnant! Elle n'en a
pas l'air. Après tout, cela vaut mieux pour elle, car la
pauvre petite ne sera point facile à marier.

— Je doute qu'elle se marie jamais, répliquai-je
d'un air profond. Je m'attends à la voir nous donner
une nouvelle édition de tante Alexandrine.

— A son aise, conclut mon père. Seulement, toi, ne
nous donnes pas une nouvelle édition de l'oncle Jean.

« Pauvre père! soupirai-je tout bas. Vous ne vous
doutez guère que votre fils est amoureux d'une fée
inaccessible, et que Gaston de Vaudelnay sera vraisemblablement le dernier de sa race! »

Le lendemain matin, je flânais dans le parc à la
fraîcheur. En approchant d'un gros platane sous lequel
des sièges rustiques invitaient les promeneurs au repos,
j'aperçus une forme blanche assise dans une attitude
rêveuse.

— Eh bien, Rosie, est-ce que tu regrettes déjà ton
musée, ton chevalet et tes madones?

Elle tourna vers moi la tête en tressaillant, et je
vis qu'elle avait les yeux pleins de larmes.

— Non, dit-elle avec cette simplicité qu'elle con-
servait toujours. Mais je regrette l'âge que j'avais quand

nous travaillions ensemble à notre petit jardin, à cette même place.

— Je te conseille d'avoir des regrets! A cette époque-là tu étais une petite fille assez laide, et maintenant...

— Et maintenant? répéta-t-elle en me regardant comme si elle eût été à cent lieues de ce que j'allais lui dire.

— Et maintenant tu es une personne remarquablement jolie.

Elle avait l'air si étonné, si incrédule, que je me hâtai de citer mon auteur.

— Mais certainement; mon père me l'a dit pas plus tard qu'hier soir.

— Ah! fit-elle avec modestie; c'est mon oncle... Il est vraiment bien bon.

Je dus convenir en moi-même qu'elle était fort jolie, en effet. Sous son peignoir de mousseline aux nuances claires, pauvre « confection » qui aurait fait pleurer de honte une élégante, sa taille trouvait moyen de laisser voir toute sa grâce. Son visage aux traits classiques rayonnait d'un éclat de jeunesse éblouissant. Les pieds et les mains étaient admirables.

« C'est singulier, pensai-je, comme on voit mieux certains détails à tête reposée! J'aurais passé vingt ans auprès de cette charmante personne, dans le tourbillon de Paris, sans m'apercevoir de ses avantages. »

Notre première semaine de séjour à Vaudelnay fut délicieuse, bien que charmée par les seules joies de la famille. Nos voisins ignoraient encore que le château fût si bien habité, et j'avais conjuré ma mère de prolonger le plus possible cette ignorance.

Après tant d'années qui me séparent de cette époque, il me serait malaisé de dire à quoi nous occupions nos journées, Rosie et moi. Je sais seulement que nous étions toujours ensemble et que le soir arrivait sans que nous fussions las l'un de l'autre. Bien entendu, nous parlions les trois quarts du temps de la dame aux pensées. Chère créature! Où était-elle en ce moment? dans les montagnes? au bord de la mer? ou bien dans quelque villa pleine d'ombre, entre son mari et ses enfants, — tout bien examiné, nous en avions fait une mère de famille. Je la voyais, assez mal j'en conviens, par les yeux de mon imagination. Hélas! n'était-elle point pâlie, fatiguée, par ce combat qui se livrait en elle entre l'austère devoir et l'entraînement de la tendresse? Encore trois jours... encore deux jours... demain, j'allais voir arriver la lettre impatiemment attendue.

— Oh! Rosie! comme je voudrais être à demain!

A cette oraison jaculatoire, ma cousine ne répondit
rien, et, pour la première fois, je vis une ombre passer
sur son visage, ombre d'ennui sans doute. Mais, de
bonne foi, pouvais-je lui en vouloir si le courrier tant
désiré l'intéressait moins que moi?

Le facteur vint sans aucune lettre, ou du moins
sans *sa* lettre. Il en fut de même le lendemain, le surlendemain, les jours suivants pendant une semaine.
Ah! qu'il était loin, le calme des premières heures
du séjour au château! Que m'importaient alors mes
parents, le parc et ses promenades, mes chevaux mor-
fondus à l'écurie! Seule, ma compatissante cousine
pouvait me comprendre et, dans une certaine limite,
me consoler. D'après elle, ce retard qui me rendait
fou d'angoisse était amené par une cause passagère, et
je ne devais point en concevoir d'alarmes. Quelque
voyage différé, quelque arrêt imprévu dans un endroit
privé de communications, quelque devoir de famille
pouvait seul empêcher ma correspondante de tenir sa
promesse, toujours si fidèlement gardée jusque-là.

— Et si elle est malade? et si elle est morte? Jusqu'à cette heure, j'espérais, malgré tout, la connaître
tôt ou tard. Faut-il donc renoncer pour toujours à
cette joie? Plains-moi, Rosie, car je suis tout à fait
malheureux!

Je compris alors pour la première fois tout ce que le cœur d'une femme peut contenir de bonté compatissante, même à l'âge où ce cœur semble fait pour porter des fleurs moins mélancoliques. Patiente comme une esclave d'Orient habituée aux caprices de son maître — les miens, il faut l'avouer, n'avaient rien qui rappelât, même de loin, ceux d'un pacha — ma cousine quittait tout, si je l'appelais d'un geste, pour causer avec moi, c'est-à-dire pour écouter mes doléances. Parfois elle protestait doucement contre ma tristesse. Elle me répétait souvent :

— Un être humain n'a pas le droit de maudire sa destinée, quand il possède l'assurance d'être sincèrement, fidèlement aimé. Montre-toi digne de cet amour par ton courage et ta confiance !

Ces arguments par trop platoniques me touchaient assez peu, et je prétendais qu'on me proclamât le plus malheureux des hommes, tout en reconnaissant que j'en étais aussi le plus doucement consolé.

— Ma pauvre Rosie, disais-je en serrant une petite main dans les miennes, si je pouvais oublier celle qui m'oublie, c'est pour toi que je voudrais l'oublier !

— Et moi, je suis certaine qu'elle pense à toi plus que jamais, répondait ma cousine. Dans quelques jours tout s'expliquera ; j'en ai le pressentiment.

Impossible de la faire démordre de cette belle
assurance, qu'elle arrivait quelquefois à me faire par-
tager pour une heure.

Quand je parvenais à faire trêve à mon chagrin, je
trouvais en elle, aussitôt, la plus charmante, la plus
gaie, la plus amusante des compagnes. Je ne pus
m'empêcher de lui dire un jour, avec une pensée se-
crète de reproche :

— Sais-tu, Rosie, que tu m'as l'air d'une femme
parfaitement heureuse ?

— Mais j'en ai plus que l'air, dit-elle gravement.
Je suis, quant au présent, aussi heureuse qu'une femme
peut l'être. Grand-père, en trois semaines, a rajeuni
de vingt ans. Mon oncle et ma tante me traitent
comme leur fille. Enfin tu ne saurais comprendre le
bonheur que j'éprouve à revoir ce cher vieux Vaudelnay.

— Eh bien, qui vous empêche d'y finir votre vie,
l'oncle Jean et toi ? Tu seras pour moi ce que la tante
Frédérique était pour notre aïeul. Et nous vieillirons
ensemble, comme ils ont vieilli.

Elle ferma les yeux, et cependant la perspective
semblait médiocrement l'éblouir, car elle me répondit
d'une voix un peu nerveuse :

— Mes moyens ne me permettent pas de songer à

l'avenir. Laisse-moi profiter de cet heureux présent qui
me repose.

De fait, il était facile de voir qu'elle jouissait en
véritable sybarite de chacune des heures passées au
milieu de nous. Tout l'enchantait, mais moins, à coup
sûr, qu'elle n'enchantait tout le monde. Quatre personnes se la disputaient du matin au soir, pour le plaisir de la voir et de l'entendre compatir à leurs maux.
Les rhumatismes de l'oncle Jean, les gastralgies de
mon père, les embarras administratifs de ma mère
toujours débordée par mille difficultés de domestiques,
de pauvres, de salles d'asile et de curés besoigneux,
enfin les déchirements secrets de mon propre cœur,
tout cela retombait sur elle sans l'étonner ni l'abattre.
Et lorsque, dans nos entretiens de famille, l'oncle Jean
parlait de leur retour à Paris, il se faisait un grand
silence comme à l'annonce effrayante de quelque catastrophe prochaine.

Quand Rosie, par chance, pouvait disposer d'une
heure pour son agrément personnel, son bonheur était
de s'installer sous le grand platane de notre ancien
jardinet, afin de lire quelques pages d'un livre préféré
ou de mettre en règle sa correspondance.

Un jour, vers le milieu d'un après-midi de chaleur
accablante, je passais par là, juste au moment où les

premières rafales d'un orage en formation détachaient de l'arbre énorme et faisaient tourbillonner au loin une envolée de feuilles jaunies.

— Vite, ramasse tes papiers, ton encre et tes plumes, dis-je à ma cousine. Tu n'entends donc pas qu'il tonne ? A quoi penses-tu ?

— A rien ! fit-elle en tressaillant, car elle était absorbée au point d'avoir ignoré mon approche.

— Ma parole ! miss Pot-au-Feu prend des airs de Mignon, lui dis-je en plaisantant. La voilà qui se donne le genre d'être rêveuse.

Avant qu'elle pût me répondre, un coup de vent plus fort s'abattit sur le buvard où elle écrivait. En une seconde, vingt feuilles de papier s'éparpillèrent au loin, pêle-mêle avec les rameaux desséchés du platane. Et tous deux de courir à droite, à gauche, à la poursuite des fugitives.

Un feuillet plus grand que les autres semblait avoir porté un défi à mon agilité. Il voltigeait, rasant l'herbe courte du gazon, s'arrêtant, reprenant sa course au moment où j'allais l'atteindre, pour s'abattre plus loin comme une perdrix blessée.

Par tempérament, je m'acharne aux choses difficiles, quelles qu'elles soient. Je jurai que ce gibier d'un nouveau genre tomberait en mon pouvoir, et, de fait, je

27

parvins à m'en saisir, grâce à la faute qu'il commit en
s'engageant dans un massif d'arbustes bas, aux rameaux
enchevêtrés.

— C'était bien la peine de tant courir ! m'écriai-je,
après avoir constaté que ma prise était une vulgaire
feuille de buvard...

Non, pas si vulgaire. En y jetant les yeux, j'aperçus
quelque chose qui me cloua sur place, immobile,
oubliant tout le reste. Et cependant le tonnerre gron-
dait sur ma tête; les éclairs faisaient pousser des cris
d'épouvante à ma cousine, dont j'entendais les exclamations à cent pas de moi. Sans songer qu'il était temps
de battre en retraite, je considérais ce papier comme
si je venais d'y trouver l'arrêt de mon sort.

Bientôt, cependant, l'averse déchaînée m'obligea de
prendre ma course vers le château, mais seulement après
que j'eus plié soigneusement ma trouvaille, pour l'abri-
ter dans la plus profonde de mes poches. Plus personne
sous le platane; Rosie m'avait précédé. J'aimais mieux
cela. Il me convenait de la revoir seulement un peu
plus tard, quand j'aurais dissipé les derniers restes d'un
doute, quand j'aurais écouté, compris, ce qu'une voix
inconnue murmurait à mon cœur éperdu de surprise.

L'enquête préliminaire ne fut pas longue. Le temps
de monter dans ma chambre, d'ouvrir mon secrétaire,

L'ORAGE.

d'y prendre la dernière lettre de la dame aux pensées, d'étaler en regard cette feuille que je venais de ramasser, de comparer au bouquet tracé sur le vélin anglais celui qui s'était imprimé sur la surface spongieuse... Deux frères jumeaux n'eurent jamais une ressemblance aussi parfaite !

Aveugle ! imbécile ! égoïste !... Ma Rosie bien-aimée ! ma belle, mon aimante, ma fière Rosie !... Oh ! oui : trop fière ! pauvre enfant ! Et trop défiante aussi !... Mais pouvais-je la blâmer d'être défiante !... Hélas ! moi-même j'avais pris soin de me faire voir à elle sous un jour peu propre à lui donner la foi.

Je riais, je pleurais, en mêlant sans ordre mille exclamations opposées. Je repassais l'un après l'autre cent souvenirs du temps jadis et de la veille. Comme je l'avais fait souffrir, cette enfant dont le cœur était à moi depuis que ses yeux m'avaient aperçu, depuis qu'elle avait franchi le seuil de la vieille maison, si sévèrement hospitalière ! Comme, dans ma stupide fatuité, je l'avais torturée !

Courageusement, obstinément, cette fille adorable dont je n'avais pas même su voir la beauté, m'avait conservé sa tendresse méconnue. Sans une plainte, elle avait dévoré, en cachant sa jalousie, les affronts de mes confidences. Pauvre, elle m'avait vu jeter l'or pour

contenter mes caprices et ceux des autres. Sublime de
sacrifice, de poésie, d'idéale passion, elle avait feint de
rire sur le peu d'élévation de son esprit. C'était moi,
— moi! qui l'avais baptisée d'un surnom ridicule!...

Le froid de mes vêtements traversés par la pluie me
rappela dans un monde plus réel. A cette heure, je
n'avais pas le droit de m'exposer à la maladie. Mon
existence appartenait à une autre.

— Mon Dieu! m'écriai-je en courant prendre des
habits secs. Que de jours de bonheur perdus, déjà! ...

XVIII

Au dîner seulement, je retrouvai ma cousine. Elle aussi avait dû changer de costume et, comme sa garde-robe était peu fournie, la chère petite était en grande toilette. Jolie à tourner la tête d'un roi, elle m'interrogea, comme toujours, de son regard humblement tendre d'amoureuse ignorée, pour voir si le maître de son cœur était content.

Je détournai les yeux. Ils auraient tout dit et, pour

le moment, je ne voulais rien dire; non, pas dans ce
lieu, pas devant tout ce monde. La première rougeur
de ma fiancée, la première joie de son doux triomphe,
devaient être pour moi seul. Encore une heure elle
devait attendre. Chère bien-aimée! Depuis si longtemps
elle attendait — sans espoir!

Comme tous les gens atteints du mal dont il était
miné, mon père ne mangeait guère, et, pour lui, voir
manger les autres était un spectacle pénible. Je ne dus
pas beaucoup le faire souffrir ce jour-là. Sans rien dire,
j'examinais ma cousine, ou, pour parler plus juste, je
la dévorais des yeux, découvrant des trésors de charme
et de grâce dans le moindre geste de ses mains, dans la
plus simple de ses attitudes. Je l'aimais de toute mon
âme et de toutes mes forces depuis deux heures. Mais
ce que je venais d'éprouver ne ressemblait en rien au
« coup de foudre » souvent décrit par les romanciers.
Pendant de longues années, Rosie et moi, nous avions
préparé le bûcher sans savoir qu'un jour nos deux
cœurs y brûleraient ensemble. Un éclair avait suffi pour
communiquer la flamme. A cette heure, cette flamme
brûlait, éblouissante, pour ne s'éteindre jamais.

Le repas terminé, je dis à ma cousine :

— Allons voir si l'orage a fait beaucoup de mal aux
arbres du parc.

Ah! l'inoubliable soirée! Le ciel avait retrouvé tout son azur, et c'est à peine si quelques gouttes brillaient encore au feuillage rafraîchi par l'ondée bienfaisante. L'air n'était plus qu'une exhalaison de sève triomphante, un parfum de fleurs tirées de leur léthargie et tout heureuses de revivre. Le parc entier semblait une salle immense, parée de verdure nouvelle pour quelque fête grandiose dont les premières étoiles commençaient l'illumination. J'offris mon bras à ma compagne, galanterie peu ordinaire. Elle le prit sans me regarder, très nerveuse, émue d'une sorte de pressentiment vague, et nous marchâmes lentement dans la direction du fameux platane. C'était là que je voulais lui ouvrir mon cœur.

Quand nous fûmes sous le grand arbre, je dis à Rosie, sans la faire asseoir sur le banc trop humide :

— J'ai découvert pourquoi la dame aux pensées ne m'écrit plus.

— Vraiment? fit-elle, curieuse de savoir dans quel dédale nouveau je m'égarais, car elle ne devinait pas encore. Et pourquoi donc ne t'écrit-elle plus?

— Parce que ses lettres porteraient le timbre du bureau de poste de Vaudelnay. Comprends-tu, Rosie?

Elle tressaillit et se mordit les lèvres. Évidemment elle cherchait une invention quelconque pour me donner le change de nouveau. Mais je repris, en entourant sa taille de mon bras, ce qui la rendit toute tremblante :

— Elle ne m'écrira plus jamais, plus jamais, Rosie !
Ma bien-aimée, que tes lèvres me disent, à cette heure,
ce que me disait ta plume. Car la dame aux pensées,
j'en suis sûr maintenant, elle est là, sur mon cœur !
Allons ! parle. J'ai soif d'entendre ta voix !

Elle ne chercha pas à lutter plus longtemps. Sans
hésiter, elle prononça les chères paroles, et, dans les
rameaux touffus, sur nos têtes, les oiseaux semblaient
se taire pour les écouter.

— Est-ce bien vrai? demandai-je quand mes lèvres
eurent quitté son front. Tu m'as écrit tant de men-
songes !

— Pas un seul, jamais! Je t'ai toujours dit la vérité... comme je viens de te la dire.

— Allons donc! Ce salon très aristocratique où nous
nous sommes rencontrés?

— Trouves-tu que les Vaudelnay doivent passer
pour une famille bourgeoise?

— Non; mais cet être mystérieux et jaloux auquel
tu appartiens, ces devoirs qui t'enlèvent ta liberté? Je
te croyais vingt fois mariée, mère de famille, et tu m'as
aidé à le croire.

— N'est-ce pas plus qu'un mari, plus qu'un enfant,
ce grand-père pauvre, ce vieillard de quatre-vingts ans,

qui n'a que moi seule au monde, qui m'a dévoué sa vie, à qui je dois tout?

— Et cette crainte de te manifester à moi? Vraiment, tu aurais eu le courage de vivre sans me dire ton secret? Si je ne l'avais appris, tu l'emportais avec toi dans ta tombe?

— Je le voulais d'abord, mais je ne m'en sentais plus la force. Je te l'aurais dit quand j'aurais été une vieille femme.

— Et pourquoi pas plus tôt, je te prie?

— Parce que je suis très défiante, et Dieu sait si tes confidences pouvaient me rassurer. Parce que je te croyais incapable de me comprendre; parce que tu ne prenais pas la peine de me regarder. Et enfin, — elle baissa la voix, — parce que je suis très fière.

— Rosie, lui répondis-je, il faut être bonne jusqu'au bout. Fais-moi la grâce d'oublier tous ces vilains *parce que*. Au fond, sois-en bien sûre, je n'ai jamais aimé que toi.

— Au fond! soupira-t-elle en cachant contre ma poitrine ses yeux qui se mouillaient. Ah! oui, bien au fond, alors! Car si je m'en rapporte à la surface que j'ai vue si longtemps...

— Je t'adore. Il n'y a plus pour moi d'autre femme. D'ailleurs tu as vu comme je suis fidèle!

— Depuis trois mois ! la belle affaire !

— Oui, mais sans te connaître. Maintenant, je te connais. Tu as tout : le cœur, l'esprit, le dévouement, la tendresse, la poésie...

— Tu n'as pas honte? Souviens-toi du nom que tu me donnais.

— Chut! je n'avais pas encore lu tes lettres. Et puis, Rosie, tu es si belle ! Je t'adore autant que je t'aime. Et je suis heureux, heureux!...

Une pression de sa petite main souligna ces paroles, comme pour dire qu'elle était heureuse aussi, la chère, simple, et loyale créature !

Nous restâmes, je pense, de longues minutes sans parler. Tout à coup elle bondit hors de l'étreinte qui l'emprisonnait doucement.

— Mais qui a pu te dire mon secret? s'écria-t-elle en fronçant le sourcil. Nulle créature humaine ne le connaissait.

— Viens, dis-je. L'air est humide, il faut rentrer. Tout en marchant tu écouteras l'histoire.

Quand j'eus terminé le récit très court, la confrontation des deux dessins, ma poursuite après la feuille de buvard emportée par le vent, elle dit d'une voix contenue et vibrante en même temps :

— Comme Dieu est bon !

Oui, Dieu est bon, à certains jours. Il y en a d'autres où il est bien cruel!

Nous touchions aux marches du perron quand je m'aperçus que nous avions oublié quelque chose de très important, comme ces architectes étourdis qui bâtissent la maison et ne songent pas à l'escalier. D'autres lèvres que les nôtres devaient dire oui.

— Rosie, dis-je, nous allons *leur* annoncer la grande nouvelle.

Un des traits de son caractère était de déguiser volontiers les émotions tendres qu'elle éprouvait sous une mutinerie apparente. Elle demanda d'un air dégagé :

— Quelle grande nouvelle?

— Que tu vas être ma femme.

Elle ne feignit pas la plaisanterie plus longtemps. Elle prit mes mains et, me regardant bien en face, les yeux sur mes yeux :

— Cher, dit-elle, je t'appartiens. Parle comme tu voudras et quand tu voudras. Grand-père sera bien heureux. Je soupçonne qu'il avait son secret, lui aussi, ou plutôt qu'il avait un peu deviné le mien.

— Et moi, répondis-je en riant, j'en suis sûr. Te souviens-tu comme il faisait sonner sa montre, quand on te reprochait de ne pas m'admirer?

Mon père posa son journal quand il nous vit entrer.

Ma mère écrivait. L'oncle Jean, selon son habitude, avait regagné ses pénates de la petite tour. Il se mettait au lit de bonne heure.

— Eh bien! demanda mon père, et cet orage, m'a-t-il cassé beaucoup de branches?

— Je ne sais pas, dis-je. Mais eût-il rasé la plantation entière, nous devrions le remercier.

Mes parents me regardaient, bouche béante, ne comprenant rien à mon air ému.

— Voulez-vous avoir pour fille la plus excellente et la plus chère des créatures?...

Nous nous embrassâmes tous. je ne sais pendant combien de minutes, sans pouvoir parler, si bien que, quand nous retrouvâmes la parole, il n'y avait plus rien à dire. Désormais l'orpheline était chez elle, dans la maison où elle devait vieillir, mais pas comme la tante Frédérique ni comme la tante Alexandrine, Dieu merci pour mes descendants futurs !

Quand nous fûmes seuls, mon père et son très heureux fils :

— Tu prétendais l'autre jour, fit-il, que ta cousine « était à peine une femme pour toi ». Il me semble que le changement est bien subit, et, maintenant que j'y pense, tout le monde a été un peu vite en besogne, même les gens raisonnables. Mais cette petite m'a tourné la tête à

FIANCÉS!

moi aussi. Je n'ai réfléchi à rien... Elle est ravissante...
Et tu es si jeune !

J'interrompis mon père dans ce bel accès de sa-
gesse rétrospective, pour lui raconter l'histoire de ma
cousine « Pot-au-Feu » et de la dame aux pensées.

— Mon ami, fit-il en se levant, — car l'heure s'a-
vançait, — je ne souhaite qu'une chose : c'est que tu
rendes à ta femme tout ce qu'elle te donne. Il me tarde
d'être à demain matin, pour aller causer de choses sérieuses avec l'oncle Jean.

Celui-ci, quand j'allai me jeter à son cou pour le
remercier de sa réponse favorable, jeta sur moi un regard presque craintif, qui me ramena de quelque treize
ans vers le passé. Car c'est avec ces yeux inquiets, suppliants qu'il avait regardé ma grand'mère, le soir où il
s'agissait d'obtenir que l'enfant sans père ni mère fût
accueillie sous le toit de Vaudelnay.

— Tu l'aimes bien, n'est-ce pas ? me demanda-t-il.
Jamais tu ne lui causeras une déception ? Tu ne sais pas
quelle tendresse exaltée ma pauvre Rosie a pour toi !
Moi, je l'ai deviné depuis des années et j'ai bien souffert
pour elle. Même en ce moment, je suis effrayé : elle
t'aime trop ! Tu tiendras sa vie en ton pouvoir — la
mienne aussi, tant que je serai dans ce monde.

Ma cousine, bien entendu, était présente à l'entre-

29

tien. Je me mis à genoux devant elle, je baisai sa main
et je fis cette simple réponse au vieillard, qui parut s'en
contenter :

— Oncle Jean, soyez tranquille !...

Lisbeth retourna seule rue d'Assas pour évacuer l'appartement. Puis elle revint assister au mariage de ses
jeunes maîtres. Deux mois après, elle épousait elle-
même, comme je l'ai dit plus haut, cet original de
jardinier.

Quand je ne serai plus, mon fils trouvera ces lignes
qui lui apprendront combien j'adorais la mère qu'il a
trop peu connue... avec laquelle, devant ce papier, je
viens de revivre durant quelques jours.

Car... *elle n'a pas vieilli à Vaudelnay.*

Dans nos projets, dans notre bonheur, dans cette im-
prévoyance de tout mal que nous apportait l'union de
notre vie, nous n'avions pas songé que la mort pouvait
accomplir la chose affreuse qu'elle a faite : prendre cette
créature inoubliable, inoubliée !

Que de fois j'ai dû poser ma plume, tandis que
j'écrivais ces pages, en retrouvant ses sourires et nos
joies ! La chère absente l'a vu. Elle sait comment je
l'aimais, combien je la pleure quand personne ne me
voit, quelle pensée ne me quitte pas, à l'heure où les

vivants croient mon esprit, ainsi que mon corps, parmi
eux.

Et, pour que le précieux souvenir dure encore quelque part, quand il ne vivra plus de ma vie éteinte, je
viens de l'enfermer pieusement dans ces pages. De
même, sous l'or et le cristal, on dérobe au souffle des-
tructeur du vent la fleur qui raconte les courtes minutes
de joie, passées pour toujours!

IMPRIMÉ

PAR

CHAMEROT ET RENOUARD

19, rue des Saints-Pères, 19

PARIS

Typ. Chamerot et Renouard.

www.ingramcontent.com/pod-product-compliance
Lightning Source LLC
Chambersburg PA
CBHW061446030726
47503CB00005B/1590